PARU AUX ÉDITIONS CALMANN-LÉVY :

LES POÈMES DORÉS.
LES NOCES CORINTHIENNES.
JOCASTE ET LE CHAT MAIGRE.
LE CRIME DE SYLVESTRE BONNARD.
LES DÉSIRS DE JEAN SERVIEN.
LE LIVRE DE MON AMI.
LA VIE LITTÉRAIRE (5 séries).
BALTHAZAR.
THAÏS.
L'ÉTUI DE NACRE.
LA RÔTISSERIE DE LA REINE PÉDAUQUE.
LES OPINIONS DE M. JÉRÔME COIGNARD.
LE LYS ROUGE.
LE JARDIN D'ÉPICURE.
LE PUITS DE SAINTE-CLAIRE.
PIERRE NOZIÈRE.
HISTOIRE COMIQUE.
CRAINQUEBILLE, PUTOIS, RIQUET.
SUR LA PIERRE BLANCHE.
VIE DE JEANNE D'ARC.
LES CONTES DE JACQUES TOURNEBROCHE.
L'ÎLE DES PINGOUINS.
LES SEPT FEMMES DE BARBE-BLEUE.
LES DIEUX ONT SOIF.
LE GÉNIE LATIN.
LA RÉVOLTE DES ANGES.
LE PETIT PIERRE.
LA VIE EN FLEUR.

HISTOIRE CONTEMPORAINE :

L'ORME DU MAIL.
LE MANNEQUIN D'OSIER.
L'ANNEAU D'AMÉTHYSTE.
M. BERGERET À PARIS.

HISTOIRE CONTEMPORAINE

M. BERGERET À PARIS

PARU DANS LA COLLECTION
PRESSES-POCKET

L'ÎLE DES PINGOUINS.
CRAINQUEBILLE.
LE LIVRE DE MON AMI.
LA RÉVOLTE DES ANGES.
LES DIEUX ONT SOIF.

HISTOIRE CONTEMPORAINE :

L'ORME DU MAL.
LE MANNEQUIN D'OSIER.
L'ANNEAU D'AMÉTHYSTE.
M. BERGERET À PARIS.

ANATOLE FRANCE
de l'Académie française

HISTOIRE CONTEMPORAINE

M. BERGERET À PARIS

CALMANN-LÉVY

ISBN 2-266-01856-6

1

M. BERGERET était à table et prenait son repas modique du soir ; Riquet était couché à ses pieds sur un coussin de tapisserie. Riquet avait l'âme religieuse et rendait à l'homme des honneurs divins. Il tenait son maître pour très bon et très grand. Mais c'est principalement quand il le voyait à table qu'il concevait la grandeur et la bonté souveraines de M. Bergeret. Si toutes les choses de la nourriture lui étaient sensibles et précieuses, les choses de la nourriture humaine lui étaient augustes. Il vénérait la salle à manger comme un temple, la table comme un autel. Durant le repas, il gardait sa place aux pieds du maître, dans le silence et l'immobilité.

— C'est un petit poulet de grain, dit la vieille Angélique en posant le plat sur la table.

— Eh bien ! veuillez le découper, dit M. Bergeret, inhabile aux armes, et tout à fait incapable de faire œuvre d'écuyer tranchant.

— Je veux bien, dit Angélique ; mais ce n'est pas aux femmes, c'est aux messieurs à découper la volaille.

— Je ne sais pas découper.

— Monsieur devrait savoir.

Ces propos n'étaient point nouveaux ; Angélique et son maître les échangeaient chaque fois qu'une volaille rôtie venait sur la table. Et ce n'était pas légèrement, ni certes pour épargner sa peine, que la servante s'obstinait à offrir au maître le couteau à découper, comme un signe de l'honneur qui lui était dû. Parmi les paysans dont elle était sortie et chez les petits bourgeois où elle avait servi, il est de tradition que le soin de découper les pièces appartient au maître. Le respect des traditions était profond dans son âme fidèle. Elle n'approuvait pas que M. Bergeret y manquât, qu'il se déchargeât sur elle d'une fonction magistrale et qu'il n'accomplît pas lui-même son office de table, puisqu'il n'était pas assez grand seigneur pour le confier à un maître d'hôtel, comme font les Brécé, les Bonmont et d'autres à la ville ou à la campagne. Elle savait à quoi l'honneur oblige un bourgeois qui dîne dans sa maison et elle s'efforçait, à chaque occasion, d'y ramener M. Bergeret.

— Le couteau est fraîchement affûté. Monsieur peut bien lever une aile. Ce n'est pas difficile de trouver le joint, quand le poulet est tendre.

— Angélique, veuillez découper cette volaille.

Elle obéit à regret, et alla, un peu confuse, découper le poulet sur un coin du buffet. A l'endroit de la nourriture humaine, elle avait des idées plus exactes mais non moins respectueuses que celles de Riquet.

Cependant M. Bergeret examinait, au-dedans de lui-même, les raisons du préjugé qui avait induit cette bonne femme à croire que le droit de manier le couteau à découper appartient au maître seul. Ces raisons, il ne les cherchait pas dans un sentiment gracieux et bienveillant de l'homme se réservant une tâche fatigante et sans attrait. On observe, en effet, que les travaux les plus pénibles et les plus dégoûtants du ménage demeurent attribués aux femmes, dans le cours des âges, par le consentement unanime des peuples. Au contraire, il rapporta la tradition conservée par la vieille Angélique à cette antique idée que la chair des animaux, préparée pour la nourriture de l'homme, est chose si précieuse, que le maître seul peut et doit la partager et la dispenser. Et il rappela dans son esprit le divin porcher Eumée recevant dans son étable Ulysse qu'il ne reconnaissait pas, mais qu'il traitait avec honneur comme un hôte envoyé par Zeus. « Eumée se leva pour faire les parts, car il avait l'esprit équitable. Il fit sept parts. Il en consacra une aux Nymphes et à Hermès, fils de Maia, et il donna une des autres à chaque convive. Et il offrit à son hôte, pour l'honorer, tout le dos du porc. Et le subtil Ulysse s'en réjouit et dit à Eumée : — Eumée, puisses-tu toujours rester cher à Zeus paternel, pour m'avoir honoré, tel que je suis, de la meilleure part ! » Et M. Bergeret, près de cette vieille servante, fille de la terre nourricière, se sentait ramené aux jours antiques.

— Si monsieur veut se servir ?...

Mais il n'avait pas, ainsi que le divin Ulysse et les rois d'Homère, une faim héroïque. Et, en dînant, il lisait son journal ouvert sur la table. C'était là encore une pratique que la servante n'approuvait pas.

— Riquet, veux-tu du poulet ? demanda M. Bergeret. C'est une chose excellente.

Riquet ne fit point de réponse. Quand il se tenait sous la table, jamais il ne demandait de nourriture. Les plats, si bonne qu'en fût l'odeur, il n'en réclamait point sa part. Et même il n'osait toucher à ce qui lui était offert. Il refusait de manger dans une salle à manger humaine. M. Bergeret, qui était affectueux et compatissant, aurait eu plaisir à partager son repas avec son compagnon. Il avait tenté, d'abord, de lui couler quelques menus morceaux. Il lui avait parlé obligeamment, mais non sans cette superbe qui trop souvent accompagne la bienfaisance. Il lui avait dit :

— Lazare, reçois les miettes du bon riche, car pour toi, du moins, je suis le bon riche.

Mais Riquet avait toujours refusé. La majesté du lieu l'épouvantait. Et peut-être aussi avait-il reçu, dans sa condition passée, des leçons qui l'avaient instruit à respecter les viandes du maître.

Un jour, M. Bergeret s'était fait plus pressant que de coutume. Il avait tenu longtemps sous le nez de son ami un morceau de chair délicieuse. Riquet avait détourné la tête et, sortant de dessous la nappe, il avait regardé le maître de ses beaux yeux humbles, pleins de douceur et de reproche, qui disaient :

— Maître, pourquoi me tentes-tu ?

Et, la queue basse, les pattes fléchies, se traînant sur le ventre en signe d'humilité, il était allé s'asseoir tristement sur son derrière, contre la porte. Il y était resté tout le temps du repas. Et M. Bergeret avait admiré la sainte patience de son petit compagnon noir.

Il connaissait donc les sentiments de Riquet. C'est pourquoi il n'insista pas, cette fois. Il n'ignorait pas d'ailleurs que Riquet, après le dîner auquel il assistait avec respect, irait manger avidement sa pâtée, dans la cuisine, sous l'évier, en soufflant et en reniflant tout à son aise. Rassuré à cet endroit, il reprit le cours de ses pensées.

C'était pour les héros, songeait-il, une grande affaire que de manger. Homère n'oublie pas de dire que, dans le palais du blond Ménélas, Étéonteus, fils de Boéthos, coupait les viandes et faisait les parts. Un roi était digne de louanges quand chacun, à sa table, recevait sa juste part du bœuf rôti. Ménélas connaissait les usages. Hélène aux bras blancs faisait la cuisine avec ses servantes. Et l'illustre Étéonteus coupait les viandes. L'orgueil d'une si noble fonction reluit encore sur la face glabre de nos maîtres d'hôtel. Nous tenons au passé par des racines profondes. Mais je n'ai pas faim, je suis petit mangeur. Et de cela encore Angélique Borniche, cette femme primitive, me fait un grief. Elle m'estimerait davantage si j'avais l'appétit d'un Atride ou d'un Bourbon.

M. Bergeret en était à cet endroit de ses réflexions, quand Riquet, se levant de dessus son coussin, alla aboyer devant la porte.

Cette action était remarquable parce qu'elle était singulière. Cet animal ne quittait jamais son coussin avant que son maître se fût levé de sa chaise.

Riquet aboyait depuis quelques instants lorsque la vieille Angélique, montrant par la porte entrouverte un visage bouleversé, annonça que « ces demoiselles » étaient arrivées. M. Bergeret comprit qu'elle parlait de Zoé, sa sœur, et de sa fille Pauline qu'il n'attendait pas si tôt. Mais il savait que sa sœur Zoé avait des façons brusques et soudaines. Il se leva de table. Cependant Riquet, au bruit des pas, qui maintenant s'entendaient dans le corridor, poussait de terribles cris d'alarme. Sa prudence de sauvage, qui avait résisté à une éducation libérale, l'induisait à croire que tout étranger est un ennemi. Il flairait pour lors un grand péril, l'épouvantable invasion de la salle à manger, des menaces de ruine et de désolation.

Pauline sauta au cou de son père, qui l'embrassa, sa serviette à la main, et qui se recula ensuite pour contempler cette jeune fille, mystérieuse comme toutes les jeunes filles, qu'il ne reconnaissait plus après un an d'absence, qui lui était à la fois très proche et presque étrangère, qui lui appartenait par d'obscures origines et qui lui échappait par la force éclatante de la jeunesse.

— Bonjour, mon papa !

La voix même était changée, devenue moins haute et plus égale.

— Comme tu es grande, ma fille !

Il la trouva gentille avec son nez fin, ses yeux intelligents et sa bouche moqueuse. Il en éprouva du plaisir. Mais ce plaisir lui fut tout de suite gâté par cette réflexion qu'on n'est guère tranquille sur la terre et que les êtres jeunes, en cherchant le bonheur, tentent une entreprise incertaine et difficile.

Il donna à Zoé un rapide baiser sur chaque joue.

— Tu n'as pas changé, toi, ma bonne Zoé... Je ne vous attendais pas aujourd'hui. Mais je suis bien content de vous revoir toutes les deux.

Riquet ne concevait pas que son maître fît à des étrangères un accueil si familier. Il aurait mieux compris qu'il les chassât avec violence, mais il était accoutumé à ne pas comprendre toutes les actions des hommes. Laissant faire à M. Bergeret, il faisait son devoir. Il aboyait à grands coups pour épouvanter les méchants. Puis il tirait du fond de sa gueule des grognements de haine et de colère ; un pli hideux des lèvres découvrait ses dents blanches. Et il menaçait les ennemis en reculant.

— Tu as un chien, papa ? fit Pauline.

— Vous ne deviez venir que samedi, dit M. Bergeret.

— Tu as reçu ma lettre ? dit Zoé.

— Oui, dit M. Bergeret.

— Non, l'autre.

— Je n'en ai reçu qu'une.

— On ne s'entend pas ici.

Et il est vrai que Riquet lançait ses aboiements de toute la force de son gosier.

— Il y a de la poussière sur le buffet, dit Zoé en y posant son manchon. Ta bonne n'essuie donc pas ?

Riquet ne put souffrir qu'on s'emparât ainsi du buffet. Soit qu'il eût une aversion particulière pour mademoiselle Zoé, soit qu'il la jugeât plus considérable, c'est contre elle qu'il avait poussé le plus fort de ses aboiements et de ses grognements. Quand il vit qu'elle mettait la main sur le meuble où l'on renfermait la nourriture humaine, il haussa à ce point la voix que les verres en résonnèrent sur la table. Mademoiselle Zoé, se retournant brusquement vers lui, lui demanda avec ironie :

— Est-ce que tu veux me manger, toi ?

Et Riquet s'enfuit, épouvanté.

— Est-ce qu'il est méchant, ton chien, papa ?

— Non. Il est intelligent et il n'est pas méchant.

— Je ne le crois pas intelligent, dit Zoé.

— Il l'est, dit M. Bergeret. Il ne comprend pas toutes nos idées ; mais nous ne comprenons pas toutes les siennes. Les âmes sont impénétrables les unes aux autres.

— Toi, Lucien, dit Zoé, tu ne sais pas juger les personnes.

M. Bergeret dit à Pauline :

— Viens, que je te voie un peu. Je ne te reconnais plus.

Et Riquet eut une pensée. Il résolut d'aller trouver, à la cuisine, la bonne Angélique, de l'avertir, s'il était possible, des troubles qui désolaient la salle à manger. Il n'espérait plus qu'en elle pour rétablir l'ordre et chasser les intrus.

— Où as-tu mis le portrait de notre père ? demanda mademoiselle Zoé.

— Asseyez-vous et mangez, dit M. Bergeret. Il y a du poulet et diverses autres choses.

— Papa, c'est vrai que nous allons habiter Paris ?

— Le mois prochain, ma fille. Tu en es contente ?

— Oui, papa. Mais je serais contente aussi d'habiter la campagne, si j'avais un jardin.

Elle s'arrêta de manger du poulet et dit :

— Papa, je t'admire. Je suis fière de toi. Tu es un grand homme.

— C'est aussi l'avis de Riquet, le petit chien, dit M. Bergeret.

2

LE mobilier du professeur fut emballé sous la surveillance de mademoiselle Zoé, et porté au chemin de fer.

Pendant les jours de déménagement, Riquet errait tristement dans l'appartement dévasté. Il regardait avec défiance Pauline et Zoé dont la venue avait précédé de peu de jours le bouleversement de la demeure naguère si paisible. Les larmes de la vieille Angélique, qui pleurait toute la journée dans la cuisine, augmentaient sa tristesse. Ses plus chères habitudes étaient contrariées. Des hommes inconnus, mal vêtus, injurieux et farouches, troublaient son repos et venaient jusque dans la cuisine fouler au pied son assiette à pâtée et son bol d'eau fraîche. Les chaises lui étaient enlevées à mesure qu'il s'y couchait et les tapis tirés brusquement de dessous son pauvre derrière, que, dans sa propre maison, il ne savait plus où se mettre.

Disons, à son honneur, qu'il avait d'abord tenté de résister. Lors de l'enlèvement de la fontaine, il avait aboyé furieusement à l'ennemi. Mais à son appel personne n'était venu. Il ne se sentait point encouragé, et même, à n'en point douter, il était combattu. Mademoiselle Zoé lui avait dit sèchement : « Tais-toi donc ! » Et mademoiselle Pauline avait ajouté : « Riquet, tu es ridicule ! »

Renonçant désormais à donner des avertissements inutiles et à lutter seul pour le bien commun, il déplorait en silence les ruines de la maison et cherchait vainement de chambre en chambre un peu de tranquillité. Quand les déménageurs pénétraient dans la pièce où il s'était réfugié, il se cachait par prudence sous une table ou sous une commode, qui demeuraient encore. Mais cette précaution lui était plus nuisible qu'utile, car bientôt le meuble s'ébranlait sur lui, se soulevait, retombait en grondant et menaçait de l'écraser. Il fuyait, hagard et le poil rebroussé, et gagnait un autre abri, qui n'était pas plus sûr que le premier.

Et ces incommodités, ces périls même, étaient peu de chose auprès des peines qu'endurait son cœur. En lui, c'est le moral, comme on dit, qui était le plus affecté.

Les meubles de l'appartement lui représentaient non des choses inertes, mais des êtres animés et bienveillants, des génies favorables dont le départ présageait de cruels malheurs. Plats, sucriers, poêlons et casseroles, toutes les divinités de la cuisine; fauteuils, tapis, coussins, tous les fétiches du foyer, ses lares et ses dieux domestiques, s'en étaient allés. Il ne croyait pas qu'un si grand désastre pût jamais être réparé. Et il en recevait autant de chagrin qu'en pouvait contenir sa petite âme. Heureusement que, semblable à l'âme humaine, elle était facile à distraire et prompte à l'oubli des maux. Durant les longues absences des déménageurs altérés, quand le balai de la vieille Angélique soulevait l'antique poussière du parquet, Riquet respirait une odeur de souris, épiait la fuite d'une araignée, et sa pensée légère en était divertie. Mais il retombait bientôt dans la tristesse.

Le jour du départ, voyant les choses empirer d'heure en heure, il se désola. Il lui parut spécialement funeste qu'on empilât le linge dans de sombres caisses. Pauline, avec un empressement joyeux, faisait sa malle. Il se détourna d'elle comme si elle accomplissait une œuvre mauvaise. Et, rencogné au mur, il pensait : « Voilà le pire ! C'est la fin de tout ! » Et, soit qu'il crût que les choses n'étaient plus quand il ne les voyait plus, soit qu'il évitât seulement un pénible spectacle, il prit soin de ne pas regarder du côté de Pauline. Le hasard voulut qu'en allant et venant elle remarquât l'attitude de Riquet. Cette attitude, qui était triste, elle la trouva comique et elle se mit à rire. Et, en riant, elle l'appela : « Viens ! Riquet, viens ! » Mais il ne bougea pas de son coin et ne tourna pas la tête. Il n'avait pas en ce moment le cœur à caresser sa jeune maîtresse et, par un secret instinct, par une sorte de pressentiment, il craignait d'approcher de la malle béante. Pauline l'appela plusieurs fois. Et, comme il ne répondait pas, elle l'alla prendre et le souleva dans ses bras. « Qu'on est donc malheureux ! lui dit-elle ; qu'on est donc à plaindre ! » Son ton était ironique. Riquet ne comprenait pas l'ironie. Il restait inerte et morne dans les bras de Pauline, et il affectait de ne rien voir et de ne rien entendre. « Riquet, regarde-moi ! » Elle fit trois fois cette objurgation et la fit trois fois en vain. Après quoi, simulant une violente colère : « Stupide animal, disparais », et elle le jeta dans la malle, dont elle renversa le couvercle sur lui. A ce moment sa tante l'ayant appelée, elle sortit de la chambre, laissant Riquet dans la malle.

Il y éprouvait de vives inquiétudes. Il était à mille lieues de supposer qu'il avait été mis dans ce coffre par simple jeu et par badinage. Estimant que sa situation était déjà assez fâcheuse, il s'efforça de ne point l'aggraver par des démarches inconsidérées. Aussi demeura-t-il quelques instants immobile, sans souffler. Puis, ne se sentant plus menacé d'une nouvelle disgrâce, il jugea nécessaire d'explorer sa prison ténébreuse. Il tâta avec ses pattes les jupons et les chemises sur lesquels il avait été si misérablement précipité, et il chercha quelque issue pour s'échapper. Il s'y appliquait depuis deux ou trois minutes quand M. Bergeret, qui s'apprêtait à sortir, l'appela :

— Viens, Riquet, viens ! Nous allons faire nos adieux à Paillot, le libraire... Viens ! Où es-tu ?...

La voix de M. Bergeret apporta à Riquet un grand

réconfort. Il y répondait par le bruit de ses pattes qui, dans la malle, grattaient éperdument la paroi d'osier.

— Où est donc le chien ? demanda M. Bergeret à Pauline, qui revenait portant une pile de linge.

— Papa, il est dans la malle.

— Pourquoi est-il dans la malle ?

— Parce que je l'y ai mis, papa.

M. Bergeret s'approcha de la malle et dit :

— Ainsi l'enfant Comatas, qui soufflait dans sa flûte en gardant les chèvres de son maître, fut enfermé dans un coffre. Il y fut nourri de miel par les abeilles des Muses. Mais toi, Riquet, tu serais mort de faim dans cette malle, car tu n'es pas cher aux Muses immortelles.

Ayant ainsi parlé, M. Bergeret délivra son ami. Riquet le suivit jusqu'à l'antichambre en agitant la queue. Puis une pensée traversa son esprit. Il rentra dans l'appartement, courut vers Pauline, se dressa contre les jupes de la jeune fille. Et ce n'est qu'après les avoir embrassées tumultueusement en signe d'adoration qu'il rejoignit son maître dans l'escalier. Il aurait cru manquer de sagesse et de religion en ne donnant pas ces marques d'amour à une personne dont la puissance l'avait plongé dans une malle profonde.

M. Bergeret trouva la boutique de Paillot triste et laide. Paillot y était occupé à « appeler », avec son commis, les fournitures de l'École communale. Ces soins l'empêchèrent de faire au professeur d'amples adieux. Il n'avait jamais été très expressif ; et il perdait peu à peu, en vieillissant, l'usage de la parole. Il était las de vendre des livres, il voyait le métier perdu, et il lui tardait de céder son fonds et de se retirer dans sa maison de campagne, où il passait tous ses dimanches.

M. Bergeret s'enfonça, à sa coutume, dans le coin des bouquins, il tira du rayon le tome XXXVIII de l'*Histoire générale des voyages*. Le livre cette fois encore s'ouvrit entre les pages 212 et 213, et cette fois encore il lut ces lignes insipides :

ver un passage au nord. “ C’est à cet échec, dit-il, que nous devons d’avoir pu visiter de nouveau les îles Sandwich et enrichir notre voyage d’une découverte qui, bien que la dernière, semble, sous beaucoup de rapports, être la plus importante que les Européens aient encore faite dans toute l’étendue de l’océan Pacifique. ” Les heureuses prévisions que semblaient annoncer ces paroles ne se réalisèrent malheureusement pas. »

Ces lignes, qu’il lisait pour la centième fois et qui lui rappelaient tant d’heures de sa vie médiocre et difficile, embellie cependant par les riches travaux de la pensée, ces lignes dont il n’avait jamais cherché le sens, le pénétrèrent cette fois de tristesse et de découragement, comme si elles contenaient un symbole de l’inanité de toutes nos espérances et l’expression du néant universel. Il ferma le livre, qu’il avait tant de fois ouvert et qu’il ne devait jamais plus ouvrir, et sortit désolé de la boutique du libraire Paillot.

Sur la place Saint-Exupère, il donna un dernier regard à la maison de la reine Marguerite. Les rayons du soleil couchant en frisaient les poutres historiées, et, dans le jeu violent des lumières et des ombres, l’écu de Philippe Tricouillard accusait avec orgueil les formes de son superbe blason, armes parlantes dressées là, comme un exemple et un reproche, sur cette cité stérile.

Rentré dans la maison démeublée, Riquet frotta de ses pattes les jambes de son maître, leva sur lui ses beaux yeux affligés ; et son regard disait :

— Toi, naguère si riche et si puissant, est-ce que tu serais devenu pauvre ? est-ce que tu serais devenu faible, ô mon maître ? Tu laisses des hommes couverts de haillons vils envahir ton salon, ta chambre à coucher, ta salle à manger, se ruer sur tes meubles et les traîner dehors, traîner dans l’escalier ton fauteuil profond, ton fauteuil et le mien, le fauteuil où nous reposions tous les soirs, et bien souvent le matin, à côté l'un de l'autre. Je l'ai entendu gémir dans les bras des hommes mal vêtus, ce fauteuil qui est un grand fétiche et un esprit bienveillant. Tu ne t'es pas opposé à ces envahisseurs. Si tu n'as plus aucun des génies qui remplissaient ta demeure, si tu as perdu jusqu'à ces petites divinités que tu chaussais, le matin, au sortir du lit, ces pantoufles que je mordillais en jouant, si tu es indigent et misérable, ô mon maître, que deviendrai-je ?

— Lucien, nous n'avons pas de temps à perdre, dit Zoé. Le train part à huit heures et nous n'avons pas encore dîné. Allons dîner à la gare.

— Demain, tu seras à Paris, dit M. Bergeret à Riquet. C'est une ville illustre et généreuse. Cette générosité, à vrai dire, n'est point répartie entre tous ses habitants. Elle se renferme, au contraire, dans un très petit nombre de citoyens. Mais toute une ville, toute une nation résident en quelques personnes qui pensent avec plus de force et de justesse que les autres. Le reste ne compte pas. Ce qu'on appelle le génie d'une race ne parvient à sa conscience que dans d'imperceptibles minorités. Ils sont rares en tout lieu les esprits assez libres pour s'affranchir des terreurs vulgaires et découvrir eux-mêmes la vérité voilée.

3

M. BERGERET, lors de sa venue à Paris, s'était logé, avec sa sœur Zoé et sa fille Pauline, dans une maison qui allait être démolie et où il commençait à se plaire depuis qu'il savait qu'il n'y resterait pas. Ce qu'il ignorait, c'est que, de toute façon, il en serait sorti au même terme. Mademoiselle Bergeret l'avait résolu dans son cœur. Elle n'avait pris ce logis que pour se donner le temps d'en trouver un plus commode et s'était opposée à ce qu'on y fît des frais d'aménagement.

C'était une maison de la rue de Seine, qui avait bien cent ans, qui n'avait jamais été jolie et qui était devenue laide en vieillissant. La porte cochère s'ouvrait humblement sur une cour humide entre la boutique d'un cordonnier et celle d'un emballeur. M. Bergeret y logeait au second étage et il avait pour voisin de palier un réparateur de tableaux, dont la porte laissait voir, en s'entrouvrant, de petites toiles sans cadre autour d'un poêle de faïence, paysages, portraits anciens et une dormeuse à la chair ambrée, couchée dans un bosquet sombre, sous un ciel vert. L'escalier, assez clair et tendu aux angles de toiles d'araignées, avait des degrés de bois garnis de carreaux aux tournants. On y trouvait, le matin, des feuilles de salade tombées du filet des ménagères. Rien de cela n'avait un charme pour M. Bergeret. Pourtant il s'attristait à la pensée de mourir encore à ces choses, après être mort à tant d'autres, qui n'étaient point précieuses, mais dont la succession avait formé la trame de sa vie.

Chaque jour, son travail accompli, il s'en allait chercher un logis. Il pensait demeurer de préférence sur cette rive gauche de la Seine, où son père avait vécu et où il lui semblait qu'on respirât la vie paisible et les bonnes études. Ce qui rendait ses recherches difficiles, c'était l'état des voies défoncées, creusées de tranchées profondes et couvertes de monticules, c'était les quais impraticables et à jamais défigurés. On sait, en effet, qu'en cette année 1899 la face de Paris fut toute bouleversée, soit que les conditions nouvelles de la vie eussent rendu nécessaire l'exécution d'un grand nombre de travaux, soit que l'approche d'une grande foire universelle eût excité, de toutes parts, des activités démesurées et une soudaine ardeur d'entreprendre. M. Bergeret s'affligeait de voir que la ville était culbutée, sans qu'il en comprît suffisamment la nécessité. Mais, comme il était sage, il essayait de se consoler et de se rassurer par la méditation, et quand il passait sur son beau quai Malaquais, si cruellement ravagé par des ingénieurs impitoyables, il plaignait les arbres arrachés et les bouquinistes chassés, et il songeait, non sans quelque force d'âme :

« J'ai perdu mes amis, et voici que tout ce qui me plaisait dans cette ville, sa paix, sa grâce et sa beauté, ses antiques élégances, son noble paysage historique, est emporté violemment. Toutefois, il convient que la raison entreprenne sur le sentiment. Il ne faut pas s'attarder aux vains regrets du passé ni se plaindre des changements qui nous importunent, puisque le changement est la condition même de la vie. Peut-être ces bouleversements sont-ils nécessaires, et peut-être faut-il que cette ville perde de sa beauté traditionnelle pour que l'existence du plus grand nombre de ses habitants y devienne moins pénible et moins dure. »

Et M. Bergeret, en compagnie des mitrons oisifs et

des sergots indolents, regardait les terrassiers creuser le sol de la rive illustre, et il se disait encore :

« Je vois ici l'image de la cité future où les plus hauts édifices ne sont marqués encore que par des creux profonds, ce qui fait croire aux hommes légers que les ouvriers qui travaillent à l'édification de cette cité, que nous ne verrons pas, creusent des abîmes, quand en réalité peut-être ils élèvent la maison prospère, la demeure de joie et de paix. »

Ainsi M. Bergeret, qui était un homme de bonne volonté, considérait favorablement les travaux de la cité idéale. Il s'accommodait moins bien des travaux de la cité réelle, se voyant exposé, à chaque pas, à tomber, par distraction, dans un trou.

Cependant, il cherchait un logis, mais avec fantaisie. Les vieilles maisons lui plaisaient, parce que leurs pierres avaient pour lui un langage. La rue Gît-le-Cœur l'attirait particulièrement, et quand il voyait l'écriteau d'un appartement à louer, à côté d'un mascaron en clef de voûte, sur une porte d'où l'on découvrait le départ d'une rampe en fer forgé, il gravissait les montées, accompagné d'une concierge sordide, dans une odeur infecte, amassée par des siècles de rats et que réchauffaient, d'étage en étage, les émanations des cuisines indigentes. Les ateliers de reliure et de cartonnage y mettaient d'aventure une horrible senteur de colle pourrie. Et M. Bergeret s'en allait, pris de tristesse et de découragement.

Et rentré chez lui, il exposait, à table, pendant le dîner, à sa sœur Zoé et à sa fille Pauline, le résultat malheureux de ses recherches. Mademoiselle Zoé l'écoutait sans trouble. Elle était bien résolue à chercher et à trouver elle-même. Elle tenait son frère pour un homme supérieur, mais incapable d'une idée raisonnable dans la pratique de la vie.

— J'ai visité un logement sur le quai Conti. Je ne sais ce que vous en penserez toutes deux. On y a vue sur une cour, avec un puits, du lierre et une statue de Flore, moussue et mutilée, qui n'a plus de tête et qui continue à tresser une guirlande de roses. J'ai visité aussi un petit appartement rue de la Chaise ; il donne sur un jardin, où il y a un grand tilleul, dont une branche, quand les feuilles auront poussé, entrera dans mon cabinet. Pauline aura une grande chambre, qu'il ne tiendra qu'à elle de rendre charmante avec quelques mètres de cretonne à fleurs.

— Et ma chambre ? demanda mademoiselle Zoé. Tu ne t'occupes jamais de ma chambre. D'ailleurs...

Elle n'acheva pas, tenant peu de compte du rapport que lui faisait son frère.

— Peut-être serons-nous obligés de nous loger dans une maison neuve, dit M. Bergeret qui était sage et accoutumé à soumettre ses désirs à la raison.

— Je le crains, papa, dit Pauline. Mais sois tranquille, nous te trouverons un petit arbre qui montera à ta fenêtre ; je te promets.

Elle suivait ces recherches avec bonne humeur, sans s'y intéresser beaucoup pour elle-même, comme une jeune fille que le changement n'effraye point, qui sent confusément que sa destinée n'est pas fixée encore et qui vit dans une sorte d'attente.

— Les maisons neuves, reprit M. Bergeret, sont mieux aménagées que les vieilles. Mais je ne les aime pas, peut-être parce que j'y sens mieux, dans un luxe qu'on peut mesurer, la vulgarité d'une vie étroite. Non pas que je souffre, même pour vous, de la médiocrité de mon état. C'est le banal et le commun qui me déplaît... Vous allez me trouver absurde.

— Oh ! non, papa.

— Dans la maison neuve, ce qui m'est odieux, c'est l'exactitude des dispositions correspondantes, cette structure trop apparente des logements qui se voit du dehors. Il y a longtemps que les citadins vivent les uns sur les autres. Et puisque ta tante ne veut pas entendre parler d'une maisonnette dans la banlieue, je veux bien m'accommoder d'un troisième ou d'un quatrième étage, et c'est pourquoi je ne renonce qu'à regret aux vieilles maisons. L'irrégularité de celles-là rend plus supportable l'empilement. En passant dans une rue nouvelle, je me surprends à considérer que cette superposition de ménages est, dans les bâtisses récentes, d'une régularité qui la rend ridicule. Ces petites salles à manger, posées l'une sur l'autre avec le même petit vitrage, et dont les suspensions de cuivre s'allument à la même heure ; ces cuisines, très petites, avec le garde-manger sur la cour et des bonnes très sales, et les salons avec leur piano chacun l'un sur l'autre, la maison neuve enfin me découvre, par la précision de sa structure, les fonctions quotidiennes des êtres qu'elle renferme, aussi clairement que si les planchers étaient de verre ; et ces gens qui dînent l'un sous l'autre, jouent du piano l'un sous l'autre, se couchent l'un sous l'autre, avec symétrie, composent, quand on y pense, un spectacle d'un comique humiliant.

— Les locataires n'y songent guère, dit mademoiselle Zoé, qui était bien décidée à s'établir dans une maison neuve.

— C'est vrai, dit Pauline pensive, c'est vrai que c'est comique.

— Je trouve bien, çà et là, des appartements qui me plaisent, reprit M. Bergeret. Mais le loyer en est d'un prix trop élevé. Cette expérience me fait douter de la vérité d'un principe établi par un homme admirable, Fourier, qui assurait que la diversité des goûts est telle, que les taudis seraient recherchés autant que les palais, si nous étions en harmonie. Il est vrai que nous ne sommes pas en harmonie. Car alors nous aurions tous une queue prenante pour nous suspendre aux arbres. Fourier l'a expressément annoncé. Un homme d'une bonté égale, le doux prince Kropotkine, nous a assuré plus récemment que nous aurions un jour pour rien les hôtels des grandes avenues, que leurs propriétaires abandonneront quand ils ne trouveront plus de serviteurs pour les entretenir. Ils se feront alors une joie, dit ce bienveillant prince, de les donner aux bonnes femmes du peuple qui ne craindront pas d'avoir une cuisine en sous-sol. En attendant, la question du logement est ardue et difficile. Zoé, fais-moi le plaisir d'aller voir cet appartement du quai Conti, dont je t'ai parlé. Il est assez délabré, ayant servi trente ans de dépôt à un fabricant de produits chimiques. Le propriétaire n'y veut pas faire de réparations, pensant le louer comme magasin. Les fenêtres sont à tabatière. Mais on voit de ces fenêtres un mur de lierre, un puits moussu, et une statue de Flore, sans tête et qui sourit encore. C'est ce qu'on ne trouve pas facilement à Paris.

4

IL est à louer, dit mademoiselle Zoé Bergeret, arrêtée devant la porte cochère. Il est à louer, mais nous ne le louerons pas. Il est trop grand. Et puis...

— Non, nous ne le louerons pas. Mais veux-tu le visiter ? Je suis curieux de le revoir, dit timidement M. Bergeret à sa sœur.

Ils hésitaient. Il leur semblait qu'en pénétrant sous la voûte profonde et sombre ils entraient dans la région des ombres.

Parcourant les rues à la recherche d'un logis, ils avaient traversé d'aventure cette rue étroite des Grands-Augustins qui a gardé sa figure de l'ancien régime et dont les pavés gras ne sèchent jamais. C'est dans une maison de cette rue, il leur en souvenait, qu'ils avaient passé six années de leur enfance. Leur père, professeur de l'Université, s'y était établi en 1856, après avoir mené, quatre ans, une existence errante et précaire, sous un ministre ennemi, qui le chassait de ville en ville. Et cet appartement où Zoé et Lucien avaient commencé de respirer le jour et de sentir le goût de la vie était présentement à louer, au témoignage de l'écriteau battu du vent.

Lorsqu'ils traversèrent l'allée qui passait sous un massif avant-corps, ils éprouvèrent un sentiment inexplicable de tristesse et de piété. Dans la cour humide se dressaient des murs que les brumes de la Seine et les pluies moisissaient lentement depuis la minorité de Louis XIV. Un appentis, qu'on trouvait à droite en entrant, servait de loge au concierge. Là, à l'embrasure de la porte-fenêtre, une pie dansait dans sa cage, et dans la loge, derrière un pot de fleurs, une femme cousait.

— C'est bien le second sur la cour qui est à louer ?

— Oui. Vous voulez le voir ?

— Nous désirons le voir.

La concierge les conduisit, une clef à la main. Ils la suivirent en silence. La morne antiquité de cette maison reculait dans un insondable passé les souvenirs que le frère et la sœur retrouvaient sur ces pierres noircies. Ils montèrent l'escalier de pierre avec une anxiété douloureuse, et, quand la concierge eut ouvert la porte de l'appartement, ils restèrent immobiles sur le palier, ayant peur d'entrer dans ces chambres où il leur semblait que leurs souvenirs d'enfance reposaient en foule, comme de petits morts.

— Vous pouvez entrer. L'appartement est libre.

D'abord ils ne retrouvèrent rien dans le grand vide des pièces et la nouveauté des papiers peints. Et ils s'étonnaient d'être devenus étrangers à ces choses jadis familières...

— Par ici la cuisine... dit la concierge. Par ici la salle à manger... par ici le salon...

Une voix cria de la cour :

— Mame Falempin ?...

La concierge passa la tête par une des fenêtres du salon, puis, s'étant excusée, descendit l'escalier d'un pas mou, en gémissant.

Et le frère et la sœur se rappelèrent.

Les traces des heures inimitables, des jours démesurés de l'enfance commencèrent à leur apparaître.

— Voilà la salle à manger, dit Zoé. Le buffet était là, contre le mur.

— Le buffet d'acajou, « meurtri de ses longues erreurs », disait notre père, quand le professeur, sa famille et son mobilier étaient chassés sans trêve du nord au midi, du levant à l'occident, par le ministre du 2 Décembre. Il reposa là quelques années, blessé et boiteux.

— Voilà le poêle de faïence dans sa niche.

— On a changé le tuyau.

— Tu crois ?

— Oui, Zoé. Le nôtre était surmonté d'une tête de Jupiter Trophonius. C'était, en ces temps lointains, la coutume des fumistes de la cour du Dragon d'orner d'un Jupiter Trophonius les tuyaux de faïence.

— Es-tu sûr ?

— Comment ! tu ne te rappelles pas cette tête ceinte d'un diadème et portant une barbe en pointe ?

— Non.

— Après tout, ce n'est pas surprenant. Tu as toujours été indifférente aux formes des choses. Tu ne regardes rien.

— J'observe mieux que toi, mon pauvre Lucien. C'est toi qui ne vois rien. L'autre jour, quand Pauline avait ondulé ses cheveux, tu ne t'en es pas aperçu... Sans moi...

Elle n'acheva pas. Elle tournait autour de la chambre vide le regard de ses yeux verts et la pointe de son nez aigu.

— C'est là, dans ce coin, près de la fenêtre, que se tenait mademoiselle Verpie, les pieds sur sa chaufferette. Le samedi, c'était le jour de la couturière. Mademoiselle Verpie ne manquait pas un samedi.

— Mademoiselle Verpie, soupira Lucien. Quel âge aurait-elle aujourd'hui ? Elle était déjà vieille quand nous étions petits. Elle nous contait alors l'histoire d'un paquet d'allumettes. Je l'ai retenue et je puis la dire mot pour mot comme elle la disait : « C'était pendant qu'on posait les statues du pont des Saints-Pères. Il faisait un froid vif qui donnait l'onglée. En revenant de faire mes provisions, je regardais les ouvriers. Il y avait foule pour voir comment ils pourraient soulever des statues si lourdes. J'avais mon panier sous le bras. Un monsieur bien mis me dit : « Mademoiselle, vous

« flambez ! » Alors je sens une odeur de soufre et je vois la fumée sortir de mon panier. Mon paquet d'allumettes de six sous avait pris feu. »

» Ainsi mademoiselle Verpie contait cette aventure, ajouta M. Bergeret. Elle la contait souvent. Ç'avait été peut-être la plus considérable de sa vie.

— Tu oublies une partie importante du récit, Lucien. Voici exactement les paroles de mademoiselle Verpie :

— Un monsieur bien mis me dit : « Mademoiselle, vous flambez. » Je lui réponds : « Passez votre chemin et ne vous occupez pas de moi. — Comme vous voudrez, mademoiselle. » Alors je sens une odeur de soufre... »

— Tu as raison, Zoé : je mutilais le texte et j'omettais un endroit considérable. Par sa réponse, mademoiselle Verpie, qui était bossue, se montrait fille prudente et sage. C'est un point qu'il fallait retenir. Je crois me rappeler, d'ailleurs, que c'était une personne extrêmement pudique.

— Notre pauvre maman, dit Zoé, avait la manie des raccommodages. Ce qu'on faisait de reprises à la maison !...

— Oui, elle était d'aiguille. Mais ce qu'elle avait de charmant, c'est qu'avant de se mettre à coudre dans la salle à manger elle disposait près d'elle, au bord de la table, sous le plus clair rayon du jour, une botte de giroflées, dans un pot de grès, ou des marguerites, ou des fruits avec des feuilles, sur un plat. Elle disait que des pommes d'api étaient aussi jolies à voir que des roses ; je n'ai vu personne goûter aussi bien qu'elle la beauté d'une pêche ou d'une grappe de raisin. Et quand on lui montrait des Chardins au Louvre, elle reconnaissait que c'était très bien. Mais on sentait qu'elle préférait les siens. Et avec quelle conviction elle me disait : « Vois, Lucien : y a-t-il rien de plus admirable que cette plume tombée de l'aile d'un pigeon ! » Je ne crois pas qu'on ait jamais aimé la nature avec plus de candeur et de simplicité.

— Pauvre maman ! soupira Zoé. Et avec cela elle avait un goût terrible en toilette. Elle m'a choisi un jour, au Petit-Saint-Thomas, une robe bleue. Cela s'appelait le bleu étincelle, et c'était effrayant. Cette robe a fait le malheur de mon enfance.

— Tu n'as jamais été coquette, toi.

— Vous croyez ?... Eh bien ! détrompe-toi. Il m'aurait été fort agréable d'être bien habillée. Mais on rognait sur les toilettes de la sœur aînée pour faire des tuniques au petit Lucien. Il le fallait bien !

Ils passèrent dans une pièce étroite, une sorte de couloir.

— C'est le cabinet de travail de notre père, dit Zoé.

— Est-ce qu'on ne l'a pas coupé en deux par une cloison ? Je me le figurais plus grand.

— Non, il était comme à présent. Son bureau était là. Et au-dessus il y avait le portrait de monsieur Victor Leclerc. Pourquoi n'as-tu pas gardé cette gravure, Lucien ?

— Quoi ! cet étroit espace renfermait la foule confuse de ses livres, et contenait des peuples entiers de poètes, de philosophes, d'orateurs, d'historiens. Tout enfant, j'écoutais leur silence, qui remplissait mes oreilles d'un bourdonnement de gloire. Sans doute une telle assemblée reculait les murs. J'avais le souvenir d'une vaste salle.

— C'était très encombré. Il nous défendait de ranger rien dans son cabinet.

— C'est donc là qu'assis dans son vieux fauteuil rouge, sa chatte Zobéide à ses pieds sur un vieux coussin, il travaillait, notre père ! C'est de là qu'il nous regardait avec ce sourire si lent qu'il a gardé dans la maladie jusqu'à sa dernière heure. Je l'ai vu sourire doucement à la mort, comme il avait souri à la vie.

— Je t'assure que tu te trompes, Lucien. Notre père ne s'est pas vu mourir.

M. Bergeret demeura un moment songeur, puis il dit :

— C'est étrange : je le revois dans mon souvenir,

non point fatigué et blanchi par l'âge, mais jeune encore, tel qu'il était quand j'étais un tout petit enfant. Je le revois souple et mince, avec ses cheveux noirs, en coup de vent. Ces touffes de cheveux, comme fouettées d'un souffle de l'air, accompagnaient bien les têtes enthousiastes de ces hommes de 1830 et de 48. Je n'ignore pas que c'est un tour de brosse qui disposait ainsi leur coiffure. Mais tout de même ils semblaient vivre sur les cimes et dans l'orage. Leur pensée était plus haute que la nôtre, et plus généreuse. Notre père croyait à l'avènement de la justice sociale et de la paix universelle. Il annonçait le triomphe de la République et l'harmonieuse formation des États-Unis d'Europe. Sa déception serait cruelle, s'il revenait parmi nous.

Il parlait encore, et mademoiselle Bergeret n'était plus dans le cabinet. Il la rejoignit au salon vide et sonore. Là, ils se rappelèrent tous deux les fauteuils et le canapé de velours grenat, dont, enfants, ils faisaient, dans leurs jeux, des murs et des citadelles.

— Oh ! la prise de Damiette ! s'écria M. Bergeret. T'en souvient-il, Zoé ? Notre mère, qui ne laissait rien se perdre, recueillait les feuilles de papier d'argent qui enveloppaient les tablettes de chocolat. Elle m'en donna un jour une grande quantité, que je reçus comme un présent magnifique. J'en fis des casques et des cuirasses en les collant sur les feuilles d'un vieil atlas. Un soir que le cousin Paul était venu dîner à la maison, je lui donnai une de ces armures qui était celle d'un Sarrasin, et je revêtis l'autre : c'était l'armure de Saint Louis. Toutes deux étaient des armures de plates. A y bien regarder, ni les Sarrasins ni les barons chrétiens ne s'armaient ainsi au XIIIe siècle. Mais cette considération ne nous arrêta point, et je pris Damiette.

» Ce souvenir renouvelle la plus cruelle humiliation de ma vie. Maître de Damiette, je fis prisonnier le cousin Paul, je le ficelai avec les cordes à sauter des petites filles, et je le poussai d'un tel élan qu'il tomba sur le nez et se mit à pousser des cris lamentables, malgré son courage. Ma mère accourut au bruit, et quand elle vit le cousin Paul qui gisait ficelé et pleurant sur le plancher, elle le releva, lui essuya les yeux, l'embrassa et me dit : « N'as-tu pas honte, Lucien, de battre un plus petit que toi ? » Et il est vrai que le cousin Paul, qui n'est pas devenu bien grand, était alors tout petit. Je n'objectai pas que cela se faisait dans les guerres. Je n'objectai rien, et je demeurai couvert de confusion. Ma honte était redoublée par la magnanimité du cousin Paul qui disait en pleurant : « Je ne me suis pas fait de mal. »

» Le beau salon de nos parents ! soupira M. Bergeret. Sous cette tenture neuve, je le retrouve peu à peu. Que son vilain papier vert à ramages était aimable ! Comme ses affreux rideaux de reps lie de vin répandaient une ombre douce et gardaient une chaleur heureuse ! Sur la cheminée, du haut de la pendule, Spartacus, les bras croisés, jetait un regard indigné. Ses chaînes, que je tirais par désœuvrement, me restèrent un jour dans la main. Le beau salon ! Maman nous y appelait parfois, quand elle recevait de vieux amis. Nous y venions embrasser mademoiselle Lalouette. Elle avait plus de quatre-vingts ans. Ses joues étaient couvertes de terre et de mousse. Une barbe moisie pendait à son menton. Une longue dent jaune passait à travers ses lèvres tachées de noir. Par quelle magie le souvenir de cette horrible petite vieille a-t-il maintenant un charme qui m'attire ? Quel attrait me fait rechercher les vestiges de cette figure bizarre et lointaine ? Mademoiselle Lalouette avait, pour vivre avec ses quatre chats, une pension viagère de quinze cents francs, dont elle dépensait la moitié à faire imprimer des brochures sur Louis XVII. Elle portait toujours une douzaine de ces brochures dans son cabas. Cette bonne demoiselle avait à cœur de prouver que le Dauphin s'était évadé du Temple dans un cheval de bois. Tu te rappelles, Zoé, qu'un jour elle nous a donné à déjeuner dans sa chambre de la rue de Verneuil. Là, sous une crasse antique, il y avait de mystérieuses richesses, des boîtes d'or et des broderies.

— Oui, dit Zoé ; elle nous a montré des dentelles qui avaient appartenu à Marie-Antoinette.

— Mademoiselle Lalouette avait d'excellentes manières, reprit M. Bergeret. Elle parlait bien. Elle avait gardé la vieille prononciation. Elle disait : un *segret;* un *fi,* une *do.* Par elle j'ai touché au règne de Louis XVI. Notre mère nous appelait aussi pour dire bonjour à monsieur Mathalène, qui n'était pas aussi vieux que mademoiselle Lalouette, mais qui avait un visage horrible. Jamais âme plus douce ne se montra dans une forme plus hideuse. C'était un prêtre interdit, que mon père avait rencontré en 1848 dans les clubs et qu'il estimait pour ses opinions républicaines. Plus pauvre que mademoiselle Lalouette, il se privait de nourriture pour faire imprimer, comme elle, des brochures. Les siennes étaient destinées à prouver que le soleil et la lune tournent autour de la terre et ne sont pas en réalité plus grands qu'un fromage. C'était précisément l'avis de Pierrot ; mais monsieur Mathalène ne s'y était rendu qu'après trente ans de méditations et de calculs. On trouve parfois encore quelqu'une de ses brochures dans les boîtes des bouquinistes. Monsieur Mathalène avait du zèle pour le bonheur des hommes qu'il effrayait par sa laideur terrible. Il n'exceptait de sa charité universelle que les astronomes, auxquels il prêtait les plus noirs desseins à son endroit. Il disait qu'ils voulaient l'empoisonner, et il préparait lui-même ses aliments, autant par prudence que par pauvreté.

Ainsi, dans l'appartement vide, comme Ulysse au pays des Cimmériens, M. Bergeret appelait à lui des ombres. Il demeura pensif un moment et dit :

— Zoé, de deux choses l'une : ou bien, au temps de notre enfance, il se trouvait plus de fous qu'à présent ou bien notre père en prenait plus que sa juste part. Je crois qu'il les aimait. Soit que la pitié l'attachât à eux, soit qu'il les trouvât moins ennuyeux que les personnes raisonnables, il en avait un grand cortège.

Mademoiselle Bergeret secoua la tête.

— Nos parents recevaient des gens très sensés et des hommes de mérite. Dis plutôt, Lucien, que les bizarreries innocentes de quelques vieilles gens t'ont frappé et que tu en as gardé un vif souvenir.

— Zoé, n'en doutons point : nous fûmes nourris tous deux parmi des gens qui ne pensaient pas d'une façon commune et vulgaire. Mademoiselle Lalouette, l'abbé Mathalène, monsieur Grille n'avaient pas le sens commun, cela est sûr. Te rappelles-tu monsieur Grille ? Grand, gros, la face rubiconde avec une barbe blanche coupée ras aux ciseaux, il était vêtu, été comme hiver, de toile à matelas, depuis que ses deux fils avaient péri, en Suisse, dans l'ascension d'un glacier. C'était, au jugement de notre père, un helléniste exquis. Il sentait avec délicatesse la poésie des lyriques grecs. Il touchait d'une main légère et sûre au texte fatigué de Théocrite. Son heureuse folie était de ne pas croire à la mort certaine de ses deux fils. En les attendant avec une confiance insensée, il vivait, en habit de carnaval, dans l'intimité généreuse d'Alcée et de Sapphô.

— Il nous donnait des berlingots, dit mademoiselle Bergeret.

— Il ne disait rien que de sage, d'élégant et de beau, reprit M. Bergeret, et cela nous faisait peur. La raison est ce qui effraye le plus chez un fou.

— Le dimanche soir, dit mademoiselle Bergeret, le salon était à nous.

— Oui, répondit M. Bergeret. C'est là qu'après dîner on jouait aux petits jeux. On faisait des bouquets et des portraits, et maman tirait les gages. O candeur ! simplicité passée, ô plaisirs ingénus ! ô charme des mœurs antiques ! Et l'on jouait des charades. Nous vidions tes armoires, Zoé, pour nous faire des costumes.

— Un jour, vous avez décroché les rideaux blancs de mon lit.

— C'était pour faire les robes des druides, Zoé, dans la scène du gui. Le mot était *guimauve*. Nous excellions dans la charade. Et quel bon spectateur faisait notre père ! Il n'écoutait pas, mais il souriait. Je crois que j'aurais très bien joué. Mais les grands m'étouffaient. Ils voulaient toujours parler.

— Ne te fais pas d'illusions, Lucien. Tu étais incapable de tenir ton rôle dans une charade. Tu n'as pas de présence d'esprit. Je suis la première à te reconnaître de l'intelligence et du talent. Mais tu n'es pas improvisateur. Et il ne faut pas te tirer de tes livres et de tes papiers.

— Je me rends justice, Zoé, et je sais que je n'ai pas d'éloquence. Mais quand Jules Guinaut et l'oncle Maurice jouaient avec nous, on ne pouvait pas placer un mot.

— Jules Guinaut avait un vrai talent comique, dit mademoiselle Bergeret, et une verve intarissable.

— Il étudiait alors la médecine, dit M. Bergeret. C'était un joli garçon.

— On le disait.

— Il me semble qu'il t'aimait bien.

— Je ne crois pas.

— Il s'occupait de toi.

— C'est autre chose.

— Et puis tout d'un coup il a disparu.

— Oui.

— Et tu ne sais pas ce qu'il est devenu ?

— Non... Allons-nous-en, Lucien.

— Allons-nous-en, Zoé. Ici, nous sommes la proie des ombres.

Et le frère et la sœur, sans tourner la tête, franchirent le seuil du vieil appartement de leur enfance. Ils descendirent en silence l'escalier de pierre. Et quand ils se retrouvèrent dans la rue des Grands-Augustins parmi les fiacres, les camions, les ménagères et les artisans, ils furent étourdis par les bruits et les mouvements de la vie, comme au sortir d'une longue solitude.

5

M. PANNETON DE LA BARGE avait des yeux à fleur de tête et une âme à fleur de peau. Et, comme sa peau était luisante, on lui voyait une âme grasse. Il faisait paraître en toute sa personne de l'orgueil avec de la rondeur et une fierté qui semblait ne pas craindre d'être importune. M. Bergeret soupçonna que cet homme venait lui demander un service.

Ils s'étaient connus en province. Le professeur voyait souvent dans ses promenades, au bord de la lente rivière, sur un vert coteau, les toits d'ardoise fine du château qu'habitait M. de La Barge avec sa famille. Il voyait moins souvent M. de La Barge, qui fréquentait la noblesse de la contrée, sans être lui-même assez noble pour se permettre de recevoir les petites gens. Il ne connaissait M. Bergeret, en province, qu'aux jours critiques où l'un de ses fils avait un examen à passer. Cette fois, à Paris, il voulait être aimable et il y faisait effort :

— Cher monsieur Bergeret, je tiens tout d'abord à vous féliciter...

— N'en faites rien, je vous prie, répondit M. Bergeret avec un petit geste de refus, que M. de La Barge eut grand tort de croire inspiré par la modestie.

— Je vous demande pardon, monsieur Bergeret, une

chaire à la Sorbonne, c'est une position très enviée... et qui convient à votre mérite.

— Comment va votre fils Adhémar? demanda M. Bergeret, qui se rappelait ce nom comme celui d'un candidat au baccalauréat qui avait intéressé à sa faiblesse toutes les puissances de la société civile, ecclésiastique et militaire.

— Adhémar! Il va bien. Il va très bien. Il fait un peu la fête. Qu'est-ce que vous voulez? Il n'a rien à faire. Dans un certain sens, il vaudrait mieux qu'il eût une occupation. Mais il est bien jeune. Il a le temps. Il tient de moi : il deviendra sérieux quand il aura trouvé sa voie.

— Est-ce qu'il n'a pas un peu manifesté à Auteuil? demanda M. Bergeret avec douceur.

— Pour l'armée, pour l'armée, répondit M. Panneton de La Barge. Et je vous avoue que je n'ai pas eu le courage de l'en blâmer. Que voulez-vous? Je tiens à l'armée par mon beau-père, le général, par mes beaux-frères, par mon cousin le commandant...

Il était bien modeste de ne pas nommer son père Panneton, l'aîné des frères Panneton, qui tenait aussi à l'armée par les fournitures, et qui, pour avoir livré aux mobiles de l'armée de l'Est, qui marchaient dans la neige, des souliers à semelle de carton, avait été condamné en 1872, en police correctionnelle, à une peine légère avec des considérants accablants, et était mort, dix ans après, dans son château de La Barge, riche et honoré.

— J'ai été élevé dans le culte de l'armée, poursuivit M. Panneton de La Barge. Tout enfant, j'avais la religion de l'uniforme. C'était une tradition de famille. Je ne m'en cache pas, je suis un homme de l'ancien régime. C'est plus fort que moi, c'est dans le sang. Je suis monarchiste et autoritaire de tempérament. Je suis royaliste. Or, l'armée, c'est tout ce qui nous reste de la monarchie. C'est tout ce qui subsiste d'un passé glorieux. Elle nous console du présent et nous fait espérer en l'avenir.

M. Bergeret aurait pu faire quelques observations d'ordre historique ; mais il ne les fit pas, et M. Panneton de La Barge conclut :

— Voilà pourquoi je tiens pour criminels ceux qui attaquent l'armée, pour insensés ceux qui oseraient y toucher.

— Napoléon, répondit le professeur, pour louer une pièce de Luce de Lancival, disait que c'était une tragédie de quartier général. Je puis me permettre de dire que vous avez une philosophie d'état-major. Mais puisque nous vivons sous le régime de la liberté, il serait peut-être bon d'en prendre les mœurs. Quand on vit avec des hommes qui ont l'usage de la parole, il faut s'habituer à tout entendre. N'espérez pas qu'en France aucun sujet désormais soit soustrait à la discussion. Considérez aussi que l'armée n'est pas immuable ; il n'y a rien d'immuable au monde. Les institutions ne subsistent qu'en se modifiant sans cesse. L'armée a subi de telles transformations dans le cours de son existence, qu'il est probable qu'elle changera encore beaucoup à l'avenir, et il est croyable que, dans vingt ans, elle sera tout autre chose que ce qu'elle est aujourd'hui.

— J'aime mieux vous le dire tout de suite, répliqua M. Panneton de La Barge. Quand il s'agit de l'armée, je ne veux rien entendre. Je le répète, il n'y faut pas toucher. C'est la hache. Ne touchez pas à la hache. A la dernière session du Conseil général que j'ai l'honneur de présider, la minorité radicale-socialiste émit un vœu en faveur du service de deux ans. Je me suis élevé contre ce vœu antipatriotique. Je n'ai pas eu de peine à démontrer que le service de deux ans, ce serait la fin de l'armée. On ne fait pas un fantassin en deux ans. Encore moins un cavalier. Ceux qui réclament le service de deux ans, vous les appelez des réformateurs, peut-être ; moi, je les appelle des démolisseurs. Et il en est de toutes les réformes qu'on propose comme de celle-là. Ce sont des machines dressées contre l'armée. Si les socialistes avouaient qu'ils veulent la remplacer par une vaste garde nationale, ce serait plus franc.

— Les socialistes, répondit M. Bergeret, contraires à toute entreprise de conquêtes territoriales, proposent d'organiser les milices uniquement en vue de la défense du sol. Ils ne le cachent pas ; ils le publient. Et ces idées valent bien, peut-être, qu'on les examine. N'ayez pas peur qu'elles soient trop vite réalisées. Tous les progrès sont incertains et lents, et suivis le plus souvent de mouvements rétrogrades. La marche vers un meilleur ordre de choses est indécise et confuse. Les forces innombrables et profondes qui rattachent l'homme au passé lui en font chérir les erreurs, les superstitions, les préjugés et les barbaries, comme des gages précieux de sa sécurité. Toute nouveauté bienfaisante l'effraye. Il est imitateur par prudence, et il n'ose pas sortir de l'abri chancelant qui a protégé ses pères et qui va s'écrouler sur lui.

» N'est-ce pas votre sentiment, monsieur Panneton ? ajouta M. Bergeret avec un charmant sourire. »

M. Panneton de La Barge répondit qu'il défendait l'armée. Il la représenta méconnue, persécutée, menacée. Et il poursuivit d'une voix qui s'enflait :

— Cette campagne en faveur du traître, cette campagne si obstinée et si ardente, quelles que soient les intentions de ceux qui la mènent, l'effet en est certain, visible, indéniable. L'armée en est affaiblie, ses chefs en sont atteints.

— Je vais maintenant vous dire des choses extrêmement simples, répondit M. Bergeret. Si l'armée est atteinte dans la personne de quelques-uns de ses chefs, ce n'est point la faute de ceux qui ont demandé la justice ; c'est la faute de ceux qui l'ont si longtemps refusée ; ce n'est pas la faute de ceux qui ont exigé la lumière, c'est la faute de ceux qui l'ont dérobée obstinément avec une imbécillité démesurée et une scélératesse atroce. Et enfin, puisqu'il y a eu des crimes, le mal n'est point qu'ils soient connus, le mal est qu'ils aient été commis. Ils se cachaient dans leur énormité et leur difformité mêmes. Ce n'étaient pas des figures reconnaissables. Ils ont passé sur les foules comme des nuées obscures. Pensiez-vous donc qu'ils ne crèveraient pas ? Pensiez-vous que le soleil ne luirait plus sur la terre classique de la justice, dans le pays qui fut le professeur de droit de l'Europe et du monde ?

— Ne parlons pas de l'Affaire, répondit M. de La Barge. Je ne la connais pas. Je ne veux pas la connaître. Je n'ai pas lu une ligne de l'enquête. Le commandant de La Barge, mon cousin, m'a affirmé que Dreyfus était coupable. Cette affirmation m'a suffi... Je venais, cher monsieur Bergeret, vous demander un conseil. Il s'agit de mon fils Adhémar, dont la situation me préoccupe. Un an de service militaire, c'est déjà bien long pour un fils de famille. Trois ans, ce serait un véritable désastre. Il est essentiel de trouver un moyen d'exemption. J'avais pensé à la licence ès lettres... Je crains que ce ne soit trop difficile. Adhémar est intelligent. Mais il n'a pas de goût pour la littérature.

— Eh bien ! dit M. Bergeret, essayez de l'École des hautes études commerciales, ou de l'Institut commercial ou de l'École de commerce. Je ne sais si l'École d'horlogerie de Cluses fournit encore un motif d'exemption. Il n'était pas difficile, m'a-t-on dit, d'obtenir le brevet.

— Adhémar ne peut pourtant faire des montres, dit M. de La Barge avec quelque pudeur.

— Essayez de l'École des langues orientales, dit obligeamment M. Bergeret. C'était excellent à l'origine.

— C'est bien gâté depuis, soupira M. de La Barge.

— Il y a encore du bon. Voyez un peu dans le tamoul.

— Le tamoul, vous croyez ?

— Ou le malgache.

— Le malgache, peut-être.

— Il y a aussi une certaine langue polynésienne qui n'était plus parlée, au commencement de ce siècle, que par une vieille femme jaune. Cette femme mourut laissant un perroquet. Un savant allemand recueillit quelques mots de cette langue sur le bec du perroquet.

Il en fit un lexique. Peut-être ce lexique est-il enseigné à l'École des langues orientales. Je conseille vivement à monsieur votre fils de s'en informer.

Sur cet avis, M. Panneton de La Barge salua et se retira pensif.

6

LES choses se passèrent comme elles devaient se passer. M. Bergeret chercha un appartement ; ce fut sa sœur qui le trouva. Ainsi l'esprit positif eut l'avantage sur l'esprit spéculatif. Il faut reconnaître que mademoiselle Bergeret avait bien choisi. Il ne lui manquait ni l'expérience de la vie ni le sens du possible. Institutrice, elle avait habité la Russie et voyagé en Europe. Elle avait observé les mœurs diverses des hommes. Elle connaissait le monde : cela l'aidait à connaître Paris.

— C'est là, dit-elle à son frère, en s'arrêtant devant une maison neuve qui regardait le jardin du Luxembourg.

— L'escalier est décent, dit M. Bergeret, mais un peu dur.

— Tais-toi, Lucien. Tu es encore assez jeune pour monter sans fatigue cinq petits étages.

— Tu crois ? répondit Lucien flatté.

Elle prit soin encore de l'avertir que le tapis allait jusqu'en haut.

Il lui reprocha en souriant d'être sensible à de petites vanités.

— Mais peut-être, ajouta-t-il, recevrais-je moimême l'impression d'une légère offense si le tapis s'arrêtait à l'étage inférieur au mien. On fait profession de sagesse, et l'on reste vain par quelque endroit. Cela me rappelle ce que j'ai vu hier, après déjeuner, en passant devant une église.

» Les degrés du parvis étaient couverts d'un tapis rouge qui venait de fouler, après la cérémonie, le cortège d'un grand mariage. De petits mariés pauvres et leur pauvre compagnie attendaient, pour entrer dans l'église, que la noce opulente en fût toute sortie. Ils riaient à l'idée de gravir les marches sur cette pourpre inattendue, et la petite mariée avait déjà posé ses pieds blancs sur le bord du tapis. Mais le suisse lui fit signe de reculer. Les employés des pompes nuptiales roulèrent lentement l'étoffe d'honneur, et c'est seulement quand ils en eurent fait un énorme cylindre qu'il fut permis à l'humble noce de monter les marches nues. J'observais ces bonnes gens qui semblaient assez amusés de l'aventure. Les petits consentent avec une admirable facilité à l'inégalité sociale, et Lamennais a bien raison de dire que la société repose tout entière sur la résignation des pauvres.

— Nous sommes arrivés, dit mademoiselle Bergeret.

— Je suis essouflé, dit M. Bergeret.

— Parce que tu as parlé, dit mademoiselle Bergeret. Il ne faut pas faire des récits en montant les escaliers.

— Après tout, dit M. Bergeret, c'est le sort commun des sages de vivre sous les toits. La science et la méditation sont, pour une grande part, renfermées dans des greniers. Et, à bien considérer les choses, il n'y a pas de galerie de marbre qui vaille une mansarde ornée de belles pensées.

— Cette pièce, dit mademoiselle Bergeret, n'est pas mansardée ; elle est éclairée par une belle fenêtre, et tu en feras ton cabinet de travail.

En entendant ces mots, M. Bergeret regarda ces quatre murs avec effarement, et il avait l'air d'un homme au bord d'un abîme.

— Qu'est-ce que tu as ? demanda sa sœur inquiète.

Mais il ne répondit pas. Cette petite pièce carrée, tendue de papier, lui apparaissait noire de l'avenir inconnu. Il y entrait d'un pas craintif et lent, comme s'il pénétrait dans l'obscure destinée. Et mesurant sur le plancher la place de sa table de travail :

— Je serai là, dit-il. Il n'est pas bon de considérer avec trop de sentiment les idées de passé et de futur. Ce sont des idées abstraites, que l'homme ne possédait pas d'abord et qu'il acquit avec effort, pour son malheur. L'idée du passé est elle-même assez douloureuse. Personne, je crois, ne voudrait recommencer la vie en repassant exactement par tous les points déjà parcourus. Il y a des heures aimables et des moments exquis ; je ne le nie point. Mais ce sont des perles et des pierreries clairsemées sur la trame rude et sombre des jours. Le cours des années est, dans sa brièveté, d'une lenteur fastidieuse, et s'il est parfois doux de se souvenir, c'est que nous pouvons arrêter notre esprit sur un petit nombre d'instants. Encore cette douceur est-elle pâle et triste. Quant à l'avenir, on ne le peut regarder en face, tant il y a de menaces sur son visage ténébreux. Et lorsque tu m'as dit, Zoé : « Ce sera ton cabinet de travail », je me suis vu dans l'avenir, et c'est un spectacle insupportable. Je crois avoir quelque courage dans la vie ; mais je réfléchis, et la réflexion nuit beaucoup à l'intrépidité.

— Ce qui était difficile, dit Zoé, c'était de trouver trois chambres à coucher.

— Assurément, répondit M. Bergeret, l'humanité dans sa jeunesse ne concevait pas comme nous l'avenir et le passé. Or ces idées qui nous dévorent n'ont point de réalité en dehors de nous. Nous ne savons rien de la vie ; son développement dans le temps est une pure illusion. Et c'est par une infirmité de nos sens que nous ne voyons pas demain réalisé comme hier. On peut fort bien concevoir des êtres organisés de façon à percevoir simultanément des phénomènes qui nous apparaissent séparés les uns des autres par un intervalle de temps appréciable. Et, nous-mêmes, nous ne percevons pas dans l'ordre des temps la lumière et le son. Nous-mêmes, nous embrassons d'un seul regard, en levant les yeux au ciel, des aspects qui ne sont point contemporains. Les lueurs des étoiles, qui se confondent dans nos yeux, y mélangent en moins d'une seconde des siècles et des milliers de siècles. Avec des appareils autres que ceux dont nous disposons, nous pourrions nous voir morts au milieu de notre vie. Car, puisque le temps n'existe point en réalité et que la succession des faits n'est qu'une apparence, tous les faits sont réalisés ensemble et notre avenir ne s'accomplit pas. Il est accompli. Nous le découvrons seulement. Conçois-tu maintenant, Zoé, pourquoi je suis demeuré stupide sur le seuil de la chambre où je serai ? Le temps est une pure idée. Et l'espace n'a pas plus de réalité que le temps.

— C'est possible, dit Zoé. Mais il coûte fort cher à Paris. Et tu as pu t'en rendre compte en cherchant des appartements. Je crois que tu n'es pas bien curieux de voir ma chambre. Viens : tu t'intéresseras davantage à celle de Pauline.

— Voyons l'une et l'autre, dit M. Bergeret, qui promena docilement sa machine animale à travers les petits carrés tapissés de papiers à fleurs.

Cependant il poursuivait le cours de ses réflexions :

— Les sauvages, dit-il, ne font pas la distinction du présent, du passé et de l'avenir. Et les langues, qui sont assurément les plus vieux monuments de l'humanité, nous permettent d'atteindre les âges où les races dont nous sommes issus n'avaient pas encore opéré ce travail métaphysique. Monsieur Michel Bréal, dans une belle étude qu'il vient de publier, montre que le verbe, si riche maintenant en ressources pour marquer l'antériorité d'une action, n'avait à l'origine aucun organe pour exprimer le passé, et que l'on employa pour remplir cette fonction les formes impliquant une affirmation redoublée du présent.

Comme il parlait ainsi, il revint dans la pièce qui devait être son cabinet de travail, et qui lui était apparue d'abord pleine, dans son vide, des ombres de l'avenir ineffable. Mademoiselle Bergeret ouvrit la fenêtre.

— Regarde, Lucien.

Et M. Bergeret vit les cimes dépouillées des arbres, et il sourit.

— Ces branches noires, dit-il, prendront au soleil timide d'avril, les teintes violettes des bourgeons ; puis elles éclateront en tendre verdure. Et ce sera charmant. Zoé, tu es une personne pleine de sagesse et de bonté, une vénérable intendante et une sœur très aimable. Viens que je t'embrasse.

Et M. Bergeret embrassa sa sœur Zoé, et lui dit :

— Tu es bonne, Zoé.

Et mademoiselle Zoé répondit :

— Notre père et notre mère étaient bons tous deux.

M. Bergeret voulut l'embrasser une seconde fois. Mais elle lui dit :

— Tu vas me décoiffer, Lucien, j'ai horreur de cela.

Et M. Bergeret, regardant par la fenêtre, étendit le bras :

— Tu vois, Zoé : à droite, à la place de ces vilains bâtiments, était la Pépinière. Là, m'ont dit nos aînés, des allées couraient en labyrinthe parmi des arbustes, entre des treillages peints en vert. Notre père s'y promenait, dans sa jeunesse. Il lisait la philosophie de Kant et les romans de George Sand sur un banc, derrière la statue de Velléda. Velléda rêveuse, les bras joints sur sa faucille mystique, croisait ses jambes, admirées d'une jeunesse généreuse. Les étudiants s'entretenaient, à ses pieds, d'amour, de justice et de liberté. Ils ne se rangeaient pas alors dans le parti du mensonge, de l'injustice et de la tyrannie.

» L'empire détruisit la Pépinière. Ce fut une mauvaise œuvre. Les choses ont leur âme. Avec ce jardin périrent les nobles pensées des jeunes hommes. Que de beaux rêves, que de vastes espérances ont été formés devant la Velléda romantique de Maindron ! Nos étudiants ont aujourd'hui des palais, avec le buste du président de la République sur la cheminée de la salle d'honneur. Qui leur rendra les allées sinueuses de la Pépinière, où ils s'entretenaient des moyens d'établir la paix, le bonheur et la liberté du monde ? Qui leur rendra le jardin où ils répétaient, dans l'air joyeux, au chant des oiseaux, les paroles généreuses de leurs maîtres Quinet et Michelet ?

— Sans doute, dit mademoiselle Bergeret ; ils étaient pleins d'ardeur, ces étudiants d'autrefois. Mais enfin ils sont devenus des médecins et des notaires dans leurs provinces. Il faut se résigner à la médiocrité de la vie. Tu le sais bien, que c'est une chose très difficile que de vivre, et qu'il ne faut pas beaucoup exiger des hommes... Enfin, tu es content de ton appartement ?

— Oui... Et je suis sûr que Pauline sera ravie. Elle a une jolie chambre.

— Sans doute. Mais les jeunes filles ne sont jamais ravies.

— Pauline n'est pas malheureuse avec nous.

— Non, certes. Elle est très heureuse. Mais elle ne le sait pas.

— Je vais rue Saint-Jacques, dit M. Bergeret, demander à Roupart de me poser des tablettes de bois dans mon cabinet de travail.

7

M. BERGERET aimait et estimait hautement les gens de métier. Ne faisant point de grands aménagements, il n'avait guère occasion d'appeler des ouvriers ; mais, quand il en employait un, il s'efforçait de lier conversation avec lui, comptant bien en tirer quelques paroles substantielles.

Aussi fit-il un gracieux accueil au menuisier Roupart qui vint, un matin, poser des bibliothèques dans le cabinet de travail.

Cependant, couché à sa coutume, au fond du fauteuil de son maître, Riquet dormait en paix. Mais le souvenir immémorial des périls qui assiégeaient leurs aïeux sauvages dans les forêts rend léger le sommeil des chiens domestiques. Il convient de dire aussi que cette aptitude héréditaire au prompt réveil était entretenue chez Riquet par le sentiment du devoir. Riquet se considérait lui-même comme un chien de garde. Fermement convaincu que sa fonction était de garder la maison, il en concevait une heureuse fierté.

Par malheur, il se figurait les maisons comme elles sont dans les campagnes et dans les Fables de La Fontaine, entre cour et jardin, et telles qu'on en peut faire le tour en flairant le sol parfumé des odeurs des bêtes et du fumier. Il ne se mettait pas dans l'esprit le plan de l'appartement que son maître occupait au cinquième étage d'un grand immeuble. Faute de connaître les limites de son domaine, il ne savait pas précisément ce qu'il avait à garder. Et c'était un gardien féroce. Pensant que la venue de cet inconnu en pantalon bleu rapiécé, qui sentait la sueur et traînait des planches, mettait la demeure en péril, il sauta à bas du fauteuil et se mit à aboyer à l'homme, en reculant devant lui avec une lenteur héroïque. M. Bergeret lui ordonna de se taire, et il obéit à regret, surpris et triste de voir son dévouement inutile et ses avis méprisés. Son regard profond, tourné vers son maître, semblait lui dire :

— Tu reçois cet anarchiste avec les engins qu'il traîne après lui. J'ai fait mon devoir, advienne que pourra.

Il reprit sa place accoutumée et se rendormit. M. Bergeret, quittant les scoliastes de Virgile, commença de converser avec le menuisier. Il lui fit d'abord des questions touchant le débit, la coupe et le polissage des bois, et l'assemblage des planches. Il aimait à s'instruire et savait l'excellence du langage populaire.

Roupart, tourné contre le mur, lui faisait des réponses interrompues par de longs silences, pendant lesquels il prenait des mesures. C'est ainsi qu'il traita des lambris et des assemblages.

— L'assemblage à tenon et mortaise, dit-il, ne veut point de colle, si l'ouvrage est bien dressé.

— N'y a-t-il point aussi, demanda M. Bergeret, l'assemblage en queue-d'aronde ?

— Il est rustique et ne se fait plus, répondit le menuisier.

Ainsi le professeur s'instruisait en écoutant l'artisan. Ayant assez avancé l'ouvrage, le menuisier se tourna vers M. Bergeret. Sa face creusée, ses grands traits, son teint brun, ses cheveux collés au front et sa barbe de bouc toute grise de poussière lui donnaient l'air d'une figure de bronze. Il sourit d'un sourire pénible et doux et montra ses dents blanches, et il parut jeune.

— Je vous connais, monsieur Bergeret.

— Vraiment ?

— Oui, oui, je vous connais... Monsieur Bergeret, vous avez fait tout de même quelque chose qui n'est pas ordinaire... Ça ne vous fâche pas que je vous le dise ?

— Nullement.

— Eh bien ! vous avez fait quelque chose qui n'est pas ordinaire. Vous êtes sorti de votre caste et vous n'avez pas voulu frayer avec les défenseurs du sabre et du goupillon.

— Je déteste les faussaires, mon ami, répondit M. Bergeret. Cela devrait être permis à un philologue. Je n'ai pas caché ma pensée. Mais je ne l'ai pas beaucoup répandue. Comment la connaissez-vous ?

— Je vais vous dire : on voit du monde, rue Saint-Jacques, à l'atelier. On en voit des uns et des autres, des gros et des maigres. En rabotant mes planches, j'entendais Pierre qui disait : « Cette canaille de Bergeret ! » Et Paul lui demandait : « Est-ce qu'on ne lui cassera pas la gueule ? » Alors j'ai compris que vous étiez du bon côté dans l'Affaire. Il n'y en a pas beaucoup de votre espèce dans le cinquième.

— Et que disent vos amis ?

— Les socialistes ne sont pas bien nombreux par ici, et ils ne sont pas d'accord. Samedi dernier, à la Fraternelle, nous étions quatre pelés et un tondu et nous nous sommes pris aux cheveux. Le camarade Fléchier, un vieux, un combattant de 70, un communard, un déporté, un homme, est monté à la tribune et nous a dit : « Citoyens, tenez-vous tranquilles. Les bourgeois intellectuels ne sont pas moins bourgeois que les bourgeois militaires. Laissez les capitalistes se manger le nez. Croisez-vous les bras, et regardez venir les antisémites. Pour l'heure, ils font l'exercice avec un fusil de paille et un sabre de bois. Mais quand il s'agira de procéder à l'expropriation des capitalistes, je ne vois pas d'inconvénient à commencer par les juifs. »

» Et là-dessus, les camarades ont fait aller leurs battoirs. Mais, je vous le demande, est-ce que c'est comme ça que devait parler un vieux communard, un bon révolutionnaire ? Je n'ai pas d'instruction comme le citoyen Fléchier, qui a étudié dans les livres de Marx. Mais je me suis bien aperçu qu'il ne raisonnait pas droit. Parce qu'il me semble que le socialisme, qui est la vérité, est aussi la justice et la bonté, que tout ce qui est juste et bon en sort naturellement comme la pomme du pommier. Il me semble que combattre une injustice, c'est travailler pour nous, les prolétaires, sur qui pèsent toutes les injustices. A mon idée, tout ce qui est équitable est un commencement de socialisme. Je pense comme Jaurès que marcher avec les défenseurs de la violence et du mensonge, c'est tourner le dos à la révolution sociale. Je ne connais ni juifs ni chrétiens. Je ne connais que des hommes, et je ne fais de distinction entre eux que de ceux qui sont justes et de ceux qui sont injustes. Qu'ils soient juifs ou chrétiens, il est difficile aux riches d'être équitables. Mais quand les lois seront justes, les hommes seront justes. Dès à présent les collectivistes et les libertaires préparent l'avenir en combattant toutes les tyrannies et en inspirant aux peuples la haine de la guerre et l'amour du genre humain. Nous pouvons dès à présent faire un peu de bien. C'est ce qui nous empêchera de mourir désespérés et la rage au cœur. Car bien sûr nous ne verrons pas le triomphe de nos idées, et quand le collectivisme sera établi sur le monde, il y aura beau temps que je serai sorti de ma soupente les pieds devant... Mais je jase et le temps file.

Il tira sa montre et, voyant qu'il était onze heures, il endossa sa veste, ramassa ses outils, enfonça sa casquette jusqu'à la nuque et dit sans se retourner :

— Pour sûr que la bourgeoisie est pourrie ! Ça s'est vu du reste dans l'affaire Dreyfus.

Et il s'en alla déjeuner.

Alors, soit qu'en son léger sommeil un songe eût effrayé son âme obscure, soit qu'épiant, à son réveil, la retraite de l'ennemi, il en prît avantage, soit que le nom qu'il venait d'entendre l'eût rendu furieux, ainsi que le maître feignit de le croire, Riquet s'élança la gueule ouverte et le poil hérissé, les yeux en flammes, sur les talons de Roupart qu'il poursuivit de ses aboiements frénétiques.

Demeuré seul avec lui, M. Bergeret lui adressa, d'un ton plein de douceur, ces paroles attristées :

— Toi aussi, pauvre petit être noir, si faible en dépit de tes dents pointues et de ta gueule profonde, qui, par l'appareil de la force, rendent ta faiblesse ridicule et ta poltronnerie amusante, toi aussi, tu as le culte des grandeurs de chair et la religion de l'antique iniquité. Toi aussi, tu adores l'injustice par respect pour l'ordre social qui t'assure ta niche et ta pâtée. Toi aussi, tu tiendrais pour véritable un jugement irrégulier, obtenu par le mensonge et la fraude. Toi aussi, tu es le jouet des apparences. Toi aussi, tu te laisses séduire par des mensonges. Tu te nourris de fables grossières. Ton esprit ténébreux se repaît de ténèbres. On te trompe et tu te trompes avec une plénitude délicieuse. Toi aussi, tu as des haines de race, des préjugés cruels, le mépris des malheureux.

Et comme Riquet tournait sur lui un regard d'une innocence infinie, M. Bergeret reprit avec plus de douceur encore :

— Je sais : tu as une bonté obscure, la bonté de Caliban. Tu es pieux, tu as ta théologie et ta morale, tu crois bien faire. Et puis tu ne sais pas. Tu gardes la maison, tu la gardes même contre ceux qui la défendent et qui l'ornent. Cet artisan que tu voulais en chasser a, dans sa simplicité, des pensées admirables. Tu ne l'as pas écouté.

» Tes oreilles velues entendent non celui qui parle le mieux, mais celui qui crie le plus fort. Et la peur, la peur naturelle, qui fut la conseillère de tes ancêtres et des miens, à l'âge des cavernes, la peur qui fit les dieux et les crimes, te détourne des malheureux et t'ôte la pitié. Et tu ne veux pas être juste. Tu regardes comme une figure étrangère la face blanche de la Justice, divinité nouvelle, et tu rampes devant les vieux dieux, noirs comme toi, de la violence et de la peur. Tu admires la force brutale parce que tu crois qu'elle est la force souveraine, et que tu ne sais pas qu'elle se dévore elle-même. Tu ne sais pas que toutes les ferrailles tombent devant une idée juste.

» Tu ne sais pas que la force véritable est dans la sagesse et que les nations ne sont grandes que par elle. Tu ne sais pas que ce qui fait la gloire des peuples, ce ne sont pas les clameurs stupides, poussées sur les places publiques, mais la pensée auguste, cachée dans quelque mansarde et qui, un jour, répandue par le monde, en changera la face. Tu ne sais pas que ceux-là honorent leur patrie qui, pour la justice, ont souffert la prison, l'exil et l'outrage. Tu ne sais pas. »

8

M. BERGERET, dans son cabinet de travail, conversait avec M. Goubin, son élève.

— J'ai découvert, aujourd'hui, dit-il, dans la bibliothèque d'un ami, un petit livre rare et peut-être unique. Soit qu'il l'ignore, soit qu'il le dédaigne, Brunet ne le cite pas dans son Manuel. C'est un petit in-douze, intitulé : *Les charactères et pourtraictures tracés d'après les modelles anticques.* Il fut imprimé dans la docte rue Saint-Jacques, en 1538.

— En connaissez-vous l'auteur ? demanda M. Goubin.

— C'est un sieur Nicole Langelier, Parisien, répondit M. Bergeret. Il n'écrit pas aussi agréablement qu'Amyot. Mais il est clair et plein de sens. J'ai pris plaisir à lire son ouvrage, et j'en ai copié un chapitre fort curieux. Voulez-vous l'entendre ?

— Bien volontiers, répondit M. Goubin.

M. Bergeret prit un papier sur sa table et lut ce titre :

Des Trublions qui nasquirent en la Républicque

M. Goubin demanda quels étaient ces Trublions. M. Bergeret lui répondit que peut-être il le saurait par la suite, et qu'il était bon de lire un texte avant de le commenter. Et il lut ce qui suit :

« Lors parurent gens dans la ville qui poussoient

grands cris, et feurent dicts les Trublions, pour ce que ils servoient ung chef nommé Trublion, lequel estoit de haut lignage, mais de peu de sçavoir et en grande impéritie de jeunesse. Et avoient les Trublions ung autre chef, nommé Tintinnabule, lequel faisoit beaux discours et carmes mirifiques. Et avoit esté piteusement mis hors la republicque par loi et usaige de ostracisme. De vray le dict Tintinnabule estoit contraire à Trublion. Quand cettuy tiroit en aval cet autre tiroit en amont. Mais les Trublions n'en avoient cure, étant si fols gens, que ne sçavoient où alloient.

» Et vivoit lors en la montaigne un villageois qui avoit nom Robin Mielleux, jà tout chenu, en semblance de fouyn, ou blereau, de grande ruse et cautèle, et bien expert en l'art de feindre, qui pensoit gouverner la cité par le moyen de ces Trublions, et les flattoit et, pour les attirer à soy, leur siffloit d'une voix doucette comme flûte, selon les guises de l'oyseleur qui va piper les oisillons. Estoit le bon Tintinnabule esbahi et marri de telles piperies et avoit grand paour que Robin Mielleux lui prist ses oisons,

» Dessoubs Trublion, Tintinnabule et Robin Mielleux tenoient commandemans dans la caterve trublionne :

iij coquillons bien aigres,
xxj marranes,
un quarteron de bons moines mendiants,
viij faiseurs d'almanachs,
lv démagogues misoxènes, xénophobes, xénoctones et xénophages ; et six boisseaux de gentilshommes dévots à la belle dame de Bourdes, en Navarre.

» Par ainsi avoient chefs divers et contraires les Trublions. Et estoit bien importune engeance, et de mesme que Harpyes, ainsy que rapporte Virgilius, assises dessus les arbres, crioient horriblement et gastoient tout ce qui gisoit dessoubs elles, semblablement ces maulvais. Trublions se guindoient es corniches et pinacles des hostels et ecclises pour de là despiter, garbouiller, embouser et compisser les bourgeois débonnaires.

» Et avoient diligemment choisi ung vieil coronel, du nom de Gelgopole, le plus inepte es guerres que ils eussent peu treuver, et le plus ennemi de toute justice et contempteur des lois augustes, pour en faire leur idole et parangon, et alloient criant par la ville : « Longue vie au vieil coronel ! » Et les petits grimauds d'école piaillaient semblablement à leur derrière : « Longue vie au vieil coronel ! » Faisoient les dicts Trublions force assemblées et conventicules, en lesquelles vociféroient la santé du vieil coronel, d'une telle véhémence de gueule, que les airs en estoient estonnés et que les oiseaux qui voloient pour lors sur leurs testes en tomboient estourdis et morts. De vray, estoit bien vilaine manie et phrénésie très horrible.

» Cuidoient les dicts Trublions que pour bien servir la cité et mériter la couronne civique, laquelle est faicte de feuilles de chesne nouées par une bandelette de laine, sans plus, et honorable entre toutes couronnes, faut jecter cris furieux et discours très insanes, et que ceulx qui poussent la charrue, et ceulx-là qui faulchent et moissonnent, mènent paistre les trouppeaux et greffent leurs poiriers, en ce doux pays de vignes, de bleds, de vertes prairies et de jardins fruictiers, ne servent point la cité, ni ces compaignon, qui taillent la pierre et bastissent en les villes et villaiges des maisons couvertes de tuile rouge et de fine ardoises ni les tisserans, ni les verriers, ni les carriers qui œuvrent es entrailles de Cybèle, et que ne la servent point les doctes hommes qui labourent en leurs estudes clauses et librairies bien amples, à cognoistre beaux secrets de nature, ni les mères allaictans leurs nourrissons, ni ceste bonne vieille filant sa quenouille au coin du feu et faisant des contes à ses petits enfans ; mais que ils servent la cité ces Trublions à braire comme asnes en foire. Et disons, pour estre juste, que, ce faisant, pensoient bien faire. Car ne avoient en propre que les nuages de leur cerveau et le vent de leur bouche, et souffloient à force pour le bien public et commun prouffict.

» Et ne crioient pas tant seulement. « Longue vie au vieil coronel ! » ains crioient encore sans répit qu'ilz amaient la cité. En quoi ils faisoient griève offense aux aultres citoyens, en donnant à entendre que ceulx-ci, qui ne crioient point, n'amaient point la cité maternelle et doux lieu de naissance. Ce qui est imposture manifeste et insupportable injure, car les hommes sucent avec le premier laict ce naturel amour, et est doux à respirer l'air natal. Or estoient de ce temps en la ville et contrée moult prud'hommes et saiges, lesquels amaient leur cité et republicque d'une plus chère et pure amour que oncques ne l'amèrent ces Trublions. Car ils vouloient les dicts prud'hommes que leur ville demourast saige comme eux, toute florie de grâces et vertus, portant gentiment en sa dextre la vergette d'or que surmonte la main de justice, et fust toute riante, pacifique et libre, et non point du tout, comme à contre fil la souhaitaient ces Trublions, tenant es main gros baston à escarbouiller les bons citoyens et benoist chapelet à marmonner des *ave,* orde et mauvaise et misérablement soubmise au vieil coronel Gelgopole et à ce Tintinnabule. Car, de vray, la vouloient soubmettre aux frocards, hypocrites, bigots, cafars, imposteurs, pouilleux, enjuponnés, escabournés, encucullés, cagouleux, tondus et deschaux, mangeurs de crucifix, fesseurs de requiem, mendiants, faiseurs de dupes, captateurs de testaments, qui lors pullulaient et avoient acquis jà furtivement tant en maisons qu'en bois, champs et prairies, la tierce part du pays françoys. Et s'estudioient (ces Trublions), à rendre la cité toute rude et inélégante. Car avoient pris en aversion et desgoust la méditation, la philosophie, et tout argument déduict par droicts sens et fine raison, et toute pensée soubtile, et ne cognoissoient que la force ; encore ne la prisoient-ils que si elle estoit toute brute. Voilà comme ils amaient leur cité et lieu de naissance, ces Trublions... »

M. Bergeret se gardait bien, en lisant ce vieux texte, de faire sonner toutes les lettres dont il était hérissé à la mode de la Renaissance. Il avait le sentiment de la belle langue natale. Il se moquait de l'orthographe comme d'une chose méprisable et avait au contraire le respect de la vieille prononciation si légère et si coulante et qui de nos jours s'alourdit malheureusement. M. Bergeret lisait son texte conformément à la prononciation traditionnelle. Sa diction rendait aux vieux mots la jeunesse et la nouveauté. Aussi le sens en coulait-il clair et limpide pour M. Goubin, qui fit cette remarque :

— Ce qui me plaît dans ce morceau, c'est la langue. Elle est naïve.

— Croyez-vous ? dit M. Bergeret.

Et il reprit sa lecture.

« Et disoient les Trublions que ils défendoient les coronels et souldards de la cité et republicque, ce qui estoit gaberie et dérision, car les coronels et souldards qui sont armés à force de cannes à feu, mousquetterie, artillerie et autres engins très terribles ont emploi deffendre les citoyens, et non soy estre deffendus par les citoyens inarmés, et que il estoit impossible de imaginer qu'il fust dans la ville assez fols gens pour attaquer leurs propres deffenseurs, et que les prud'hommes opposez aux Trublions demandaient tant seulement que les coronels demourassent honorablement soubmis aux lois tant augustes et sainctes de la cité et republicque. Ains les dicts Trublions crioient toujours et ne sçavoient rien entendre, pour ce que avare nature les avoit desnuez d'entendement.

» Nourrissoient les Trublions grande haine des nations estranges. Et au seul nom des dictes nations ou peuples les œils leur sortaient hors de la teste, à la mode des écrevisses de mer, très horriblement, et faisoient grands tours de bras comme aisles de moulins, et n'estoit emmi eux clerc de tabellion ou apprentif chaircutier qui ne voulust envoyer cartel à ung roi ou reine ou empereur de quelque grand pays, et le moindre bonnetier ou cabaretier faisoit mine à tout moment de partir en guerre. Ains finalement demourait en sa chambre.

» Et, comme est véritable que de tout temps les fols, plus nombreux que les saiges, marchent au bruit des vaines cymbales, les gens de petit sçavoir et entendement (de ceulx-là il s'en treuve beaucoup tant par-mi les pauvres que par-mi les riches) feirent lors compagnie aux Trublions et avec eux trublionnèrent. Et ce fust un tintamarre horrifique dans la cité, tant que la saige pucelle Minerve assise en son temple, pour n'être point tympanisée par tels traineurs de casseroles et papegays en fureur, se bouscha les aureilles avecque la cire que luy avoient apportée en offrande ses bien amées abeilles de l'Hymette, donnant ainsi à entendre à ses fidelles, doctes hommes, philosophes et bons législateurs de la cité, que estoit peine perdue d'entrer en sçavante dispute et docte combat d'esprits avec ces Trublions trublionnants et tintinnabulants. Et aulcuns dans l'Estat, non des moindres, abasourdis de ce garbouil, cuidoient que ces fols fussent au point de bouleverser la republicque et mettre la noble et insigne cité cul par-dessus teste, ce qui eust été bien lamentable aventure. Mais un jour vint que les Trublions crevèrent pour ce qu'ils estoient pleins de vent. »

M. Bergeret posa le feuillet sur sa table. Il avait terminé sa lecture.

— Ces vieux livres, dit-il, amusent et divertissent l'esprit. Ils nous font oublier le temps présent.

— En effet, dit M. Goubin.

Et il sourit, ce qu'il n'avait point coutume de faire.

9

DURANT les vacances, M. Mazure, archiviste départemental, vint passer quelques jours à Paris pour solliciter dans les bureaux du ministère la croix de la Légion d'honneur, faire des recherches historiques aux Archives nationales et voir le Moulin-Rouge. Avant d'accomplir ces travaux, il fit visite, le lendemain de sa venue, vers six heures après midi, à M. Bergeret, qui l'accueillit favorablement. Et comme la chaleur du jour accablait les hommes retenus à la ville, sous des toits brûlants et dans des rues pleines d'une âcre poussière, M. Bergeret eut une pensée gracieuse. Il emmena M. Mazure au Bois, dans un cabaret où de petites tables étaient dressées sous les arbres, au bord d'une eau dormante.

Là, dans l'ombre fraîche et la paix du feuillage, en faisant un dîner fin, ils échangèrent des propos familiers, traitant tour à tour des bonnes études et des façons diverses d'aimer. Puis, sans dessein concerté, par une inclination fatale, ils parlèrent de l'Affaire.

M. Mazure était dans un grand trouble à ce sujet. Jacobin de doctrine et de tempérament, patriote comme Barère et Saint-Just, il s'était joint à la foule nationaliste du département et avait poussé de grands cris en compagnie des royalistes et des cléricaux, ses bêtes noires, dans l'intérêt supérieur de la patrie, pour l'unité et l'indivisibilité de la République. Il était même entré dans la ligue présidée par M. Panneton de La Barge, et cette ligue ayant voté une adresse au Roi, il commençait à croire qu'elle n'était pas républicaine, et il n'était plus tranquille sur les principes. Quant au fait, ayant la pratique des textes et n'étant point incapable de conduire son esprit dans des recherches critiques d'une difficulté médiocre, il éprouvait quelque embarras à soutenir le système de ces faussaires qui, pour la perte d'un innocent, déployèrent, dans la fabrication et la falsification des pièces, une audace inconnue jusqu'alors. Il se sentait environné d'impostures. Pourtant il ne reconnaissait pas qu'il s'était trompé. Un tel aveu n'est possible qu'aux esprits d'une qualité particulière. M. Mazure soutenait au contraire qu'il avait raison. Et il est juste de reconnaître qu'il était maintenu, serré, pressé, comprimé dans l'ignorance par la masse compacte de ses concitoyens. La connaissance de l'enquête et la discussion des documents n'avaient point pénétré dans cette ville mollement assise sur les vertes pentes d'un fleuve paresseux. Pour écarter la lumière, il y avait là, dans les fonctions publiques et dans les magistratures, tout ce monde de politiciens et de cléricaux que M. Méline abritait naguère encore sous les pans de sa redingote villageoise, et qui y prospéraient dans l'ignorance consentie de la vérité. Cette élite, mettant l'iniquité dans les intérêts de la patrie et de la religion, la rendait respectable à tous, même au pharmacien radical-socialiste, Mandar.

Le département était d'autant mieux gardé contre toute divulgation des faits les plus avérés qu'il était administré par un préfet israélite. M. Worms-Clavelin se croyait tenu, par cela seul qu'il était juif, à servir les intérêts des antisémites de son administration avec plus de zèle que n'en eût déployé à sa place un préfet catholique. D'une main prompte et sûre il étouffa dans le département le parti naissant de la révision. Il y favorisa les ligues des pieux décerveleurs, et les fit prospérer si merveilleusement que les citoyens Francis de Pressensé, Jean Psichari, Octave Mirbeau et Pierre

Quillard, venus au chef-lieu pour y parler en hommes libres, crurent entrer dans une ville du XVIe siècle. Ils n'y trouvèrent que des papistes idolâtres qui poussaient des cris de mort et les voulaient massacrer. Et comme M. Worms-Clavelin, convaincu, dès le jugement de 1894, que Dreyfus était innocent, ne faisait pas mystère de cette conviction, après dîner, en fumant son cigare, les nationalistes, dont il servait la cause, avaient lieu de compter sur un appui loyal, qui ne dépendait point d'un sentiment personnel.

Cette ferme tenue du département dont il gardait les archives imposait grandement à M. Mazure, qui était un jacobin ardent et capable d'héroïsme, mais qui, comme la troupe des héros, ne marchait qu'au tambour. M. Mazure n'était pas une brute. Il croyait devoir aux autres et à lui-même d'expliquer sa pensée. Après le potage, en attendant la truite, il dit, accoudé à la table :

— Mon cher Bergeret, je suis patriote et républicain. Que Dreyfus soit innocent ou coupable, je n'en sais rien. Je ne veux pas le savoir, ce n'est pas mon affaire. Il est peut-être innocent. Mais certainement les dreyfusistes sont coupables. En substituant leur opinion personnelle à une décision de la justice républicaine, ils ont commis une énorme impertinence. De plus, ils ont agité le pays républicain. Le commerce en souffre.

— Voilà une jolie femme, dit M. Bergeret, elle est longue, svelte et d'un seul jet comme un jeune arbre.

— Peuh ! dit M. Mazure, c'est une poupée.

— Vous en parlez bien légèrement, dit M. Bergeret. Quand une poupée est vivante, c'est une grande force de la nature.

— Moi, dit M. Mazure, je ne me soucie ni de celle-là ni d'aucune autre femme. Cela tient peut-être à ce que la mienne est très bien faite.

Il le disait et voulait le croire. A la vérité, il avait épousé la vieille servante-maîtresse des deux archivistes, ses prédécesseurs. Pendant dix ans, elle avait été tenue à l'écart de la société bourgeoise. Mais son mari ayant adhéré aux ligues nationalistes du département, elle avait été reçue tout de suite dans le meilleur monde du chef-lieu. La générale Cartier de Chalmot se montrait avec elle, et la colonelle Despautères ne la quittait plus.

— Ce que je reproche surtout aux dreyfusards, ajouta M. Mazure, c'est d'avoir affaibli, énervé la défense nationale et diminué notre prestige au dehors.

Le soleil jetait ses derniers rayons de pourpre entre les troncs noirs des arbres. M. Bergeret crut honnête de répondre :

— Considérez, mon cher Mazure, que si la cause d'un obscur capitaine est devenue une affaire nationale, la faute en est non point à nous, mais aux ministres qui firent du maintien d'une condamnation erronée et illégale un système de gouvernement. Si le garde des sceaux avait fait son devoir en procédant à la révision dès qu'il lui fut démontré qu'elle était nécessaire, les particuliers auraient gardé le silence. C'est dans la vacance lamentable de la justice que leurs voix se sont élevées. Ce qui a troublé le pays, ce qui était de sorte à lui nuire au dedans et au dehors, c'était que le pouvoir s'obstinât dans une iniquité monstrueuse qui, de jour en jour, grossissait sous les mensonges dont on s'efforçait de la couvrir.

— Qu'est-ce que vous voulez ?... répliqua M. Mazure, je suis patriote et républicain.

— Puisque vous êtes républicain, dit M. Bergeret, vous devez vous sentir étranger et solitaire parmi vos concitoyens. Il n'y a plus beaucoup de républicains en France. La République n'en a pas formé. C'est le gouvernement absolu qui forme les républicains. Sur la meule de la royauté ou du césarisme s'aiguise l'amour de la liberté, qui s'émousse dans un pays libre, ou qui se croit libre. Ce n'est guère l'usage d'aimer ce qu'on a. Aussi bien la réalité n'est pas bien aimable. Il faut de la sagesse pour s'en contenter. On peut dire qu'aujourd'hui les Français âgés de moins de cinquante ans ne sont pas républicains.

— Ils ne sont pas monarchistes.

— Non, ils ne sont pas monarchistes, car, si les hommes n'aiment pas souvent ce qu'ils ont, parce que ce qu'ils ont n'est pas souvent aimable, ils craignent le changement pour ce qu'il contient d'inconnu. L'inconnu est ce qui leur fait le plus de peur. Il est le réservoir et la source de toute épouvante. Cela est sensible dans le suffrage universel, qui produirait des effets incalculables sans cette terreur de l'inconnu qui l'anéantit. Il y a en lui une force qui devrait opérer des prodiges de bien ou de mal. Mais la peur de ce que les changements contiennent d'inconnu l'arrête, et le monstre tend le col au licou.

— Ces messieurs prendront peut-être une pêche au marasquin, dit le maître d'hôtel.

Sa voix était douce et persuasive, et ses regards vigilants parcouraient l'étendue des tables servies. Mais M. Bergeret ne lui fit point de réponse, il voyait venir sur le chemin sablé une dame coiffée d'un lampion Louis XIV en paille de riz tout fleuri de roses, et vêtue d'une robe de mousseline blanche, au corsage un peu flottant, serré à la taille par une ceinture rose. La ruche montante, qui lui enveloppait le cou, mettait comme une collerette d'ailes autour de sa tête de chérubin. M. Bergeret reconnut madame de Gromance, dont la rencontre charmante l'avait plus d'une fois troublé dans l'âpre monotonie des rues provinciales. Il vit qu'elle était accompagnée d'un jeune homme élégant et trop correct pour ne pas paraître ennuyé.

Ce jeune homme s'arrêta devant une table voisine de celle qu'occupaient l'archiviste et le professeur. Mais madame de Gromance, ayant jeté un regard autour d'elle, aperçut M. Bergeret. Son visage en prit un air de dépit et elle entraîna son compagnon dans les profondeurs de la pelouse, jusque sous l'ombre d'un grand arbre. A la vue de madame de Gromance M. Bergeret ressentit cette douceur cruelle que donne aux âmes voluptueuses la beauté des formes vivantes.

Il demanda au maître d'hôtel s'il connaissait ce monsieur et cette dame.

— Je les connais sans les connaître, répondit le maître d'hôtel. Ils viennent souvent ici, mais je ne pourrais dire leurs noms. Nous voyons tant de monde ! Samedi il y avait des additions sur l'herbe et sous les arbres jusqu'à la haie vive qui ferme la pelouse.

— Vraiment ? dit M. Bergeret, il y avait des additions sous tous ces arbres ?

— Et sur la terrasse et dans le kiosque.

Occupé à fendre des amandes, M. Mazure n'avait pas vu la robe de mousseline blanche. Il demanda de quelle femme on parlait. Mais M. Bergeret se donna l'avantage de garder le secret de madame de Gromance, et ne répondit pas.

Cependant la nuit était venue. Sur le gazon assombri et sous le feuillage obscur, çà et là, une lueur adoucie par une dentelle de papier blanc ou rose marquait la place d'une table et laissait apercevoir, dans une auréole, des formes mouvantes. Sous une de ces clartés discrètes, le petit plumet blanc d'un chapeau de paille se rapprochait peu à peu du crâne luisant d'un homme mûr. A la clarté voisine se devinaient deux jeunes têtes plus légères que les phalènes qui volaient autour. Et ce n'était pas en vain que la lune montrait dans le ciel pâli sa forme blanche et ronde.

— Ces messieurs sont satisfaits ? demanda le maître d'hôtel.

Et sans attendre la réponse, il porta ailleurs ses pas vigilants.

Et M. Bergeret dit en souriant :

— Voyez ces gens qui dînent dans l'ombre favorable. Ces petits panaches blancs, et tout au fond, sous ce grand arbre, ces roses sur un lampion de paille de riz. Ils boivent, ils mangent, ils aiment. Et pour cet homme ce sont des additions. Ils ont des instincts, des désirs, peut-être même des pensées. Et ce sont des additions ! Quelle force d'âme et de langage ! Cet officier de bouche est grand.

— Nous avons dîné bien agréablement, dit M. Mazure en se levant de table. Ce restaurant est fréquenté par les gens les plus huppés.

— Toutes ces huppes, répondit M. Bergeret, n'étaient peut-être pas du plus haut prix. Cependant il y en avait d'assez pimpantes. J'ai moins de plaisir, je l'avoue, à voir des gens élégants depuis qu'une machine a mis en mouvement le fanatisme débile et la cruauté étourdie de ces pauvres petites cervelles. L'Affaire a révélé le mal moral dont notre belle société est atteinte, comme le vaccin de Koch accuse dans un organisme les lésions de la tuberculose. Heureusement qu'il y a des profondeurs de flots humains sous cette écume argentée. Mais quand donc mon pays sera-t-il délivré de l'ignorance et de la haine ?

10

LA veuve du grand baron, la mère du petit baron, la baronne Jules, cette douce Élisabeth, perdit son ami Raoul Marcien dans les circonstances qu'on sait (1). Elle avait trop bon cœur pour vivre seule. Et c'eût été dommage aussi. Il se trouva qu'une nuit d'été, entre le Bois et l'Étoile, elle eut un nouvel ami. Il convient de rapporter ce fait particulier qui est lié aux affaires publiques.

La baronne Jules de Bonmont, ayant passé le mois de juin à Montil, au bord de la Loire, traversait Paris pour se rendre à Gmunden. Sa maison étant close, elle alla dîner dans un restaurant du Bois avec son frère le baron Wallstein, monsieur et madame de Gromance, M. de Terremondre et le jeune Lacrisse, qui étaient comme elle de passage à Paris.

Appartenant tous à la bonne société, ils étaient tous nationalistes. Le baron Wallstein l'était autant que les autres. Juif autrichien, mis en fuite par les antisémites viennois, il s'était établi en France où il faisait les fonds d'un grand journal antisémite et se réfugiait dans l'amitié de l'Église et de l'Armée. M. de Terremondre, petit noble et petit propriétaire, montrait exactement ce qu'il fallait de passions militaristes et cléricales pour s'identifier à la haute aristocratie terrienne qu'il fré-

(1) Voir : *L'Anneau d'améthyste.*

quentait. Les Gromance avaient trop d'intérêt au rétablissement de la monarchie pour ne pas le désirer sincèrement. Leur situation pécuniaire était très embarrassée. Madame de Gromance, jolie, bien faite, libre de ses mouvements, se tirait encore d'affaire. Mais Gromance, qui n'était plus jeune et touchait à l'âge où l'on a besoin de sécurité, de bien-être, de considération, soupirait après des temps meilleurs et attendait impatiemment la venue du Roi. Il comptait bien être nommé pair de France par Philippe restauré. Il fondait ses droits à un fauteuil au Luxembourg sur son état de rallié et il se mettait au nombre de ces républicains de M. Méline, que le Roi serait obligé de payer pour les avoir. Le jeune Lacrisse était secrétaire de la Jeunesse royaliste du département où la baronne avait des terres et les Gromance des dettes. Devant la petite table dressée sous le feuillage, à la lueur des bougies, autour des abat-jour roses sur lesquels volaient les papillons, cinq personnes se sentaient unies dans une même pensée, que Joseph Lacrisse exprima heureusement en disant :

— Il faut sauver la France !

C'était le temps des grands desseins et des vastes espoirs. Il est vrai qu'on avait perdu le Président Faure et le ministre Méline qui, le premier en frac et en escarpins et faisant la roue, l'autre en redingote villageoise et marchant menu dans ses gros souliers ferrés, menaient la République en terre avec la Justice. Méline avait quitté le pouvoir et Faure avait quitté la vie, au plus beau de la fête. Il est vrai que les obsèques du Président nationaliste n'avaient pas produit tout ce qu'on en attendait et qu'on avait manqué le coup du catafalque. Il est vrai qu'après avoir défoncé le chapeau du Président Loubet, ces messieurs de l'Œillet blanc et du Bleuet avaient eu les leurs aplatis sous les poings des socialistes. Il est vrai qu'un ministère républicain s'était constitué et avait trouvé une majorité. Mais la réaction tenait le clergé, la magistrature, l'armée, l'aristocratie territoriale, l'industrie, le commerce, une partie de la

Chambre et presque toute la presse. Et, comme le disait judicieusement le jeune Lacrisse, si le garde des sceaux s'avisait de faire opérer des perquisitions au siège des Comités royalistes et antisémites, il ne trouverait pas dans toute la France un commissaire de police pour saisir des papiers compromettants.

— C'est égal, dit M. de Terremondre, ce pauvre monsieur Faure nous a rendu de grands services.

— Il aimait l'armée, soupira madame de Bonmont.

— Sans doute, reprit M. de Terremondre. Et puis il a accoutumé par son faste le peuple à la monarchie. Après lui, le Roi ne paraîtra pas encombrant et ses équipages ne sembleront pas ridicules.

Madame de Bonmont fut curieuse de s'assurer que le Roi ferait son entrée à Paris dans un carrosse traîné par six chevaux blancs.

— Un jour de l'été dernier, poursuivit M. de Terremondre, comme je passais par la rue Lafayette, je trouvai toutes les voitures arrêtées, des agents formés çà et là en bouquets et des piétons plantés en bordure sur le trottoir. Un brave homme, à qui je demandai ce que cela voulait dire, me répondit gravement qu'on attendait depuis une heure le Président, qui rentrait à l'Élysée après une visite à Saint-Denis. J'observai les badauds respectueux et ces bourgeois qui, attentifs et tranquilles dans leur fiacre au repos, un petit paquet à la main, manquaient le train avec déférence. Je fus heureux de constater que tous ces gens-là se formaient docilement aux mœurs de la royauté, et que le Parisien était prêt à recevoir son souverain.

— La ville de Paris n'est plus du tout républicaine. Tout va bien, dit Joseph Lacrisse.

— Tant mieux, dit madame de Bonmont.

— Est-ce que votre père partage vos espérances ? demanda M. de Gromance au jeune secrétaire de la Jeunesse royaliste.

C'est que l'opinion de Maître Lacrisse, avocat des congrégations, n'était pas à mépriser. Maître Lacrisse travaillait avec l'état-major et préparait le procès de

Rennes. Il rédigeait les dépositions des généraux et les leur faisait répéter. C'était une des lumières nationalistes du barreau. Mais on le soupçonnait de nourrir peu de confiance dans l'issue des complots monarchiques. Le vieillard avait travaillé jadis pour le comte de Chambord et pour le comte de Paris. Il savait, par expérience, que la République ne se laisse pas facilement mettre dehors et qu'elle n'est pas aussi bonne fille qu'elle en a l'air. Il se méfiait du Sénat. Et, gagnant un peu d'argent au Palais, il se résignait volontiers à vivre en France dans une monarchie sans roi. Il ne partageait point les espérances de son fils Joseph, mais il était trop indulgent pour blâmer l'ardeur d'une jeunesse enthousiaste.

— Mon père, répondit Joseph Lacrisse, agit de son côté. Moi, j'agis du mien. Nos efforts sont convergents.

Et, se penchant vers madame de Bonmont, il ajouta à voix basse :

— Nous ferons le coup pendant le procès de Rennes.

— Dieu vous entende ! dit M. de Gromance avec le soupir d'une piété sincère ; car il est temps de sauver la France.

Il faisait très chaud. On mangea les glaces en silence. Puis la conversation reprit, faible et languissante, et se traîna en propos intimes et en observations banales. Madame de Gromance et madame de Bonmont parlèrent toilette.

— Il est question, pour cet hiver, de robes à la bonne femme, dit madame de Gromance qui regarda la baronne avec satisfaction en se la représentant alourdie par une jupe bouffante.

— Vous ne devineriez pas, dit Gromance, où je suis allé aujourd'hui. Je suis allé au Sénat. Il n'y avait pas séance. Laprat-Teulet m'a fait visiter le palais. J'ai tout vu, la salle, la galerie des Bustes, la bibliothèque. C'est un beau local.

Et, ce qu'il ne disait point, dans l'hémicycle où devaient siéger les pairs après la restauration du Roi, il avait palpé les fauteuils de velours, choisi sa place, au centre. Et avant de sortir, il avait demandé à Laprat-Teulet où était la caisse. Cette visite au palais des pairs futurs avait ranimé ses convoitises. Il répéta, dans la grande sincérité de son cœur :

— Sauvons la France, monsieur Lacrisse, sauvons la France : il n'est que temps.

Lacrisse s'en chargeait. Il montra une grande confiance et il affecta une grande discrétion. Il fallait l'en croire, tout était prêt. On serait sans doute obligé de casser la gueule au préfet Worms-Clavelin et à deux ou trois autres dreyfusistes du département. Et il ajouta, en avalant un quartier de pêche dans du sucre :

— Cela ira tout seul.

Et le baron Wallstein parla. Il parla longuement, fit sentir sa connaissance des affaires, donna des conseils et conta des histoires viennoises qui l'amusaient beaucoup.

Puis, en manière de conclusion :

— C'est très bien, dit-il avec un infatigable accent allemand, c'est très bien. Mais il faut reconnaître que vous avez manqué votre coup aux obsèques du Président Faure. Si je vous parle ainsi, c'est parce que je suis votre ami. On doit la vérité aux amis. Ne commettez pas une seconde faute, parce que alors vous ne seriez plus suivis.

Il regarda sa montre, et voyant qu'il n'avait pas le temps d'arriver à l'Opéra avant la fin de la représentation, il alluma un cigare et se leva de table.

Joseph Lacrisse était discret par situation : il conspirait. Mais il aimait à faire montre de sa puissance et de son crédit. Il ôta de sa poche un portefeuille de maroquin bleu qu'il portait sur sa poitrine, contre son cœur ; il en tira une lettre qu'il tendit à madame de Bonmont, et dit en souriant :

— On peut faire des perquisitions dans mon appartement. Je porte tout sur moi.

Madame de Bonmont prit la lettre, la lut tout bas, et, rougissant d'émotion et de respect, la rendit, d'une main un peu tremblante, à Joseph Lacrisse. Et quand cette lettre auguste, rentrée dans son étui de maroquin bleu, eut repris sa place sur la poitrine du secrétaire de la Jeunesse royaliste, la baronne Élisabeth attacha sur cette poitrine un long regard mouillé de larmes et brûlé de flammes. Le jeune Lacrisse lui parut soudain resplendissant d'une beauté héroïque.

L'humidité et la fraîcheur de la nuit pénétraient lentement les dîneurs attardés sous les arbres du restaurant. Les lueurs roses, dans lesquelles brillaient les fleurs et les verres, s'éteignaient une à une sur les tables désertées. A la demande de madame de Gromance et de la baronne, Joseph Lacrisse tira une seconde fois de l'étui la lettre du Roi et la lut d'une voix étouffée, mais distincte :

Mon cher Joseph,

Je suis très heureux de l'entrain patriotique que nos amis manifestent sous votre impulsion. J'ai vu P. D., qui m'a paru dans d'excellentes dispositions.

A vous cordialement,

PHILIPPE.

Après avoir fait cette lecture, Joseph Lacrisse remit le papier dans son portefeuille de maroquin bleu contre sa poitrine, sous l'œillet blanc de sa boutonnière.

M. de Gromance murmura quelques paroles d'approbation.

— Très bien ! C'est le langage d'un chef, d'un vrai chef.

— C'est aussi mon impression, dit Joseph Lacrisse. Il y a plaisir à exécuter les ordres d'un tel maître.

— Et la forme est excellente dans sa concision, poursuivit M. de Gromance. Le duc d'Orléans semble avoir reçu de monsieur le comte de Chambord le secret du style épistolaire... Vous n'ignorez point, mesdames, que le comte de Chambord écrivait les plus belles lettres du monde. Il avait une bonne plume. Rien n'est plus vrai : il excellait principalement dans la correspondance. On retrouve quelque chose de sa grande manière dans le billet que monsieur Lacrisse vient de nous lire. Et le duc d'Orléans a de plus l'entrain, la fougue de la jeunesse... Belle figure, ce jeune prince ! belle figure martiale et bien française ! Il plaît, il est séduisant. On m'a affirmé qu'il était presque populaire dans les faubourgs sous le sobriquet de « Gamelle ».

— Sa cause fait de grands progrès dans les masses, dit Lacrisse. Les épingles à l'effigie du Roi, que nous distribuons à profusion, commencent à pénétrer dans l'usine et dans l'atelier. Le peuple a plus de bon sens qu'on ne croit. Nous touchons au succès.

M. de Gromance répondit d'un ton de bienveillance et d'autorité :

— Avec du zèle, de la prudence et des dévouements tels que le vôtre, monsieur Lacrisse, toutes les espérances sont permises. Et je suis sûr que, pour réussir, vous n'aurez pas besoin de faire un grand nombre de victimes. Vos adversaires en foule viendront d'eux-mêmes à vous.

Sa profession de rallié à la République, sans lui interdire de former des vœux pour le rétablissement de la monarchie, ne lui permettait pas d'accorder une approbation trop ouverte aux moyens violents que le jeune Lacrisse avait indiqués au dessert. M. de Gromance, qui allait aux bals de la préfecture et était en coquetterie avec madame Worms-Clavelin, avait gardé un silence de bon goût quand le jeune secrétaire du Comité royaliste s'était expliqué sur la nécessité de crever le préfet youpin ; mais aucune convenance ne l'empêchait maintenant de louer comme elle le méritait la lettre du prince et de faire entendre qu'il était prêt à tous les sacrifices pour le salut du pays.

M. de Terremondre n'avait pas moins de patriotisme et ne goûtait pas moins le style de Philippe. Mais il était si grand collectionneur de curiosités et si ardent amateur d'autographes, qu'il pensait avant tout à obtenir du jeune Lacrisse la lettre princière, soit par voie d'échange, soit par don gratuit ou sous couleur d'emprunt. Il s'était procuré par ces divers moyens des lettres de plusieurs personnages mêlés à l'affaire Dreyfus et il en avait formé un recueil intéressant. Il songeait maintenant à faire le dossier du Complot, et à y introduire la lettre du prince, comme pièce capitale. Il concevait que ce serait difficile, et sa pensée en était tout occupée.

— Venez me voir, monsieur Lacrisse, dit-il ; venez me voir à Neuilly, où je suis pour quelques jours encore. Je vous montrerai des pièces assez curieuses. Et nous reparlerons de cette lettre.

Madame de Gromance avait écouté avec toute l'attention convenable le billet du Roi. Elle était du monde. Elle avait trop d'usage pour ne pas savoir ce qu'on doit aux princes. Elle avait incliné la tête à la parole de Philippe, comme elle eût fait la révérence au couvert du Roi si elle avait eu l'honneur de le voir passer. Mais elle manquait d'enthousiasme, et elle n'avait pas le sentiment de la vénération. Et puis elle savait précisément ce que c'est qu'un prince. Elle avait vu d'aussi près que possible un parent du duc. Ç'avait été dans une maison discrète du quartier des Champs-Élysées, un après-midi. On s'était dit tout ce qu'on avait à se dire, et ce jour n'avait point eu de lendemain. Monseigneur avait été convenable, sans magnificence. Assurément, elle se sentait honorée, mais elle n'avait pas le sentiment que cet honneur fût très particulier ni très extraordinaire. Elle estimait les princes ; elle les aimait à l'occasion ; elle n'en rêvait pas. Et la lettre ne l'agitait point. Quant au petit Lacrisse, la sympathie qu'elle éprouvait pour lui n'avait rien d'ardent ni de tumultueux. Elle comprenait, elle approuvait ce petit jeune homme blond, un peu grêle, assez gentil, qui n'était pas riche et qui se donnait du mal pour se tirer d'affaire et prendre de l'importance. Elle aussi savait par expérience que la grande vie n'est pas facile à mener quand on n'a pas beaucoup d'argent. Ils travaillaient tous deux dans la haute société. C'était un motif de bonne entente. S'entraider à l'occasion, fort bien! Mais voilà tout!

— Mes compliments, monsieur Lacrisse, dit-elle, et mes meilleurs souhaits.

Que les impressions de la baronne Jules étaient plus chevaleresques et plus tendres! La douce Viennoise s'intéressait de tout son cœur à cet élégant complot, dont l'œillet blanc était l'emblème. Justement, elle adorait les fleurs! Être mêlée à une conspiration de gentilshommes en faveur du Roi, c'était pour elle entrer et plonger dans la vieille noblesse française, pénétrer dans les salons les plus aristocratiques et bientôt, peut-être, aller à la Cour. Elle était émue, ravie, troublée. Moins ambitieuse encore que tendre, ce qu'elle trouvait à cette lettre du Prince, dans la sincérité de son cœur aisément ouvert, ce qu'elle trouvait à cette lettre, c'était de la poésie. Et l'innocente femme le dit comme elle le pensait :

— Monsieur Lacrisse, cette lettre est poétique.

— C'est vrai, répondit Joseph Lacrisse.

Et ils échangèrent un long regard.

Nulle parole mémorable ne fut dite après celle-là, en cette nuit d'été, devant les fleurs et les bougies qui couvraient la petite table du restaurant.

L'heure vint de se quitter. Lorsque, s'étant levée, la baronne reçut de M. Joseph Lacrisse son manteau sur ses abondantes épaules, elle tendit la main à M. de Terremondre, qui prenait congé. Il allait à pied à Neuilly, où il avait son logis de passage.

— C'est tout près, à cinq cents pas d'ici. Je suis sûr, madame, que vous ne connaissez pas Neuilly. J'ai découvert à Saint-James un reste de vieux parc avec un groupe de Lemoyne dans un cabinet de treillage. Il faut que je vous montre cela, un jour.

Et déjà sa longue forme robuste s'enfonçait dans l'allée bleuie par la lune.

La baronne de Bonmont offrit aux Gromance de les reconduire chez eux dans sa voiture, une voiture de cercle, que son frère Wallstein lui avait envoyée.

— Montez ! nous tiendrons bien tous les trois.

Mais les Gromance avaient de la discrétion. Ils appelèrent un fiacre arrêté à la grille du restaurant et s'y glissèrent si vite que la baronne ne put les retenir. Elle demeurait seule avec Joseph Lacrisse devant la portière ouverte de sa voiture.

— Voulez-vous que je vous emmène, monsieur Lacrisse ?

— Je crains de vous gêner.

— Nullement. Où voulez-vous que je vous dépose ?

— A l'Étoile.

Ils s'engagèrent sur la route bleue, bordée de noir feuillage, dans la nuit silencieuse... Et la course s'accomplit.

La voiture s'étant arrêtée, la baronne, de la voix qu'on a en sortant d'un rêve, demanda :

— Où sommes-nous ?

— A l'Étoile, hélas ! répondit Joseph Lacrisse.

Et, après qu'il fut descendu, la baronne, roulant seule sur l'avenue Marceau, dans la voiture refroidie, un œillet blanc déchiré entre ses doigts nus, les paupières mi-closes et les lèvres entrouvertes, frissonnait encore de cette ardente et douce étreinte, qui, rapprochant de sa poitrine la lettre royale, venait de mêler pour elle à la douceur d'aimer l'orgueil de la gloire. Elle avait conscience que cette lettre communiquait à son aventure intime une grandeur nationale et la majesté de l'histoire de France.

11

C'ÉTAIT dans une maison de la rue de Berri, au fond de la cour, un petit entresol, qui recevait un jour triste comme les pierres le long desquelles il descendait péniblement. Le fils du duc Jean, Henri de Brécé, président du Comité exécutif, assis à son bureau, devant une feuille de papier blanc, faisait d'un pâté d'encre un ballon, en y ajoutant un filet, des cordages et une nacelle. Derrière lui, sur le mur, une grande photographie était accrochée où le Prince apparaissait très mou, dans sa solennité vulgaire et sa jeunesse épaisse. Des drapeaux aux trois couleurs, fleurdelisés, entouraient cette image. Aux angles de la pièce se déployaient des bannières sur lesquelles des dames vendéennes et des dames bretonnes avaient brodé des lis d'or et des devises royalistes. Sur le panneau du fond, des sabres de cavalerie avec une banderole de carton portant ce cri : « Vive l'armée ! » Au-dessous, piquée avec des épingles, une caricature de Joseph Reinach en gorille. Un cartonnier et un coffre-fort composaient, avec un canapé, quatre chaises et le bureau de bois noir, tout le meuble de cette pièce à la fois intime et administrative. Des brochures de propagande s'entassaient par ballots au pied des murs.

Debout contre la cheminée, Joseph Lacrisse, secrétaire du Comité départemental de la Jeunesse royaliste, compulsait silencieusement la liste des affiliés. A cheval sur une chaise, le regard fixe et le front plissé, Henri Léon, vice-président des Comités royalistes du Sud-Ouest, développait ses idées. Il passait pour impertinent et chagrin, grand broyeur de noir. Mais ses capacités héréditaires en finance le rendaient précieux à ses associés. Il était fils de ce Léon-Léon, banquier des Bourbons d'Espagne, ruiné au krach de l'*Union générale*.

— Ça se resserre, vous avez beau dire, ça se resserre. Je le sens. De jour en jour, le cercle se rétrécit autour de nous. Avec Méline nous avions de l'air, de l'espace, tout l'espace. Nous étions à l'aise, libres de nos mouvements.

Il écarta les coudes et joua des bras, comme pour donner une idée de la facilité qu'on avait à se mouvoir dans ces temps heureux, qui n'étaient plus. Et il poursuivit :

— Avec Méline, nous avions tout. Nous les royalistes, nous avions le gouvernement, l'armée, la magistrature, l'administration, la police.

— Nous avons tout cela encore, dit Henri de Brécé. Et l'opinion est plus que jamais avec nous depuis que le gouvernement est impopulaire.

— Ce n'est plus la même chose. Avec Méline nous étions officieux, nous étions gouvernementaux, nous étions conservateurs. C'était une situation admirable pour conspirer. Ne vous y trompez pas : le Français, pris en masse, est conservateur. Il est casanier. Les déménagements l'effraient. Méline nous avait rendu ce service immense de nous donner l'air rassurant, de nous faire bénins, bénins, aussi bénins que lui. Il disait que c'était nous les républicains, et les populations le croyaient. A voir sa mine, on ne pouvait pas le soupçonner de plaisanter. Il nous avait fait accepter par l'opinion. Le service n'est pas mince !

— Méline, c'était un honnête homme ! soupira Henri de Brécé. Il faut lui rendre cette justice.

— C'était un patriote ! dit Joseph Lacrisse.

— Avec ce ministre, poursuivit Henri Léon, nous

avions tout, nous étions tout, nous pouvions tout. Nous n'avions même pas besoin de nous cacher. Nous n'étions pas en dehors de la République ; nous étions au-dessus. Nous la dominions de toute la hauteur de notre patriotisme. Nous étions tout le monde, nous étions la France ! Je ne suis pas tendre pour la gueuse. Mais il faut reconnaître que la République est quelquefois bonne fille. Sous Méline, la police était exquise, elle était suave. Je n'exagère pas, elle était suave. A une manifestation royaliste, que vous aviez très gentiment organisée, Brécé, j'ai crié « Vive la police ! » à m'égosiller. C'était de bon cœur. Les sergots assommaient les républicains avec entrain !... Gérault-Richard était fichu au bloc pour avoir crié : « Vive la République ! » Méline nous faisait la vie trop douce. Une nourrice, quoi ! Il nous berçait, il nous a endormis. Mais oui ! Le général Decuir lui-même disait : « Du moment que nous avons tout ce que nous pouvons désirer, pourquoi essayer de chambarder la boutique, au risque d'écoper salement ? » O temps heureux ! Méline menait la ronde. Nationalistes, monarchistes, antisémites, plébiscitaires, nous dansions en chœur à son violon villageois.

» Tous ruraux, tous fortunés ! Sous Dupuy déjà, j'étais moins content ; avec lui, c'était moins franc. On était moins tranquille. Bien sûr qu'il ne voulait pas nous faire du mal. Mais ce n'était pas un vrai ami. Ce n'était plus le bon ménétrier de village qui menait la noce. C'était un gros cocher qui nous trimbalait en fiacre. Et l'on allait cahin-caha et l'on accrochait de-ci de-là, et l'on risquait de verser. Il avait la main dure. Vous me direz que c'était un faux maladroit. Mais la fausse maladresse ressemble énormément à la vraie. Et puis il ne savait pas où il voulait aller. On en voit comme ça, des collignons qui ne connaissent pas votre rue et qui vous roulent indéfiniment dans des chemins impossibles en clignant de l'œil d'un air malin. C'est énervant !

— Je ne défends pas Dupuy, dit Henri de Brécé.

— Je ne l'attaque pas, je l'observe, je l'étudie, je le

classe. Je ne le hais point. Il nous a rendu un grand service. Ne l'oublions pas. Sans lui, nous serions tous coffrés à l'heure qu'il est. Parfaitement, pendant les funérailles de Faure, au grand jour de l'action parallèle, sans lui, après avoir raté le coup du catafalque, nous étions frits, mes petits agneaux.

— Ce n'est pas nous qu'il voulait ménager, dit Joseph Lacrisse, le nez dans son registre.

— Je le sais. Il a vu tout de suite qu'il ne pouvait rien faire, qu'il y avait des généraux là dedans, que c'était trop gros. Néanmoins nous lui devons une fameuse chandelle.

— Bah ! dit Henri de Brécé, nous aurions été acquittés, comme Déroulède.

— C'est possible, mais il nous a laissés nous refaire bien tranquillement après la débandade des obsèques, et je lui en suis reconnaissant, je l'avoue. D'un autre côté, sans méchanceté, sans le vouloir, peut-être, il nous a fait beaucoup de tort. Tout d'un coup, au moment où l'on s'y attendait le moins, ce gros homme avait l'air de se fâcher tout rouge contre nous. Il faisait mine de défendre la République. Sa position le voulait, je le sais bien. Ce n'était pas sérieux. Mais ça faisait mauvais effet. Je m'épuise à vous le dire : ce pays est conservateur. Dupuy, lui, ne disait pas, comme Méline, que c'était nous les conservateurs, que c'était nous les républicains. D'ailleurs, il l'aurait dit qu'on ne l'aurait pas cru. On ne le croyait jamais. Sous son ministère, nous avons perdu quelque chose de notre autorité sur le pays. Nous avons cessé d'être du gouvernement. Nous avons cessé d'être rassurants. Nous avons commencé à inquiéter les républicains de profession. C'était honorable, mais c'était dangereux. Nos affaires étaient moins bonnes sous Dupuy que sous Méline ; elles sont moins bonnes sous Waldeck-Rousseau qu'elles n'étaient sous Dupuy. Voilà la vérité, l'amère vérité.

— Évidemment, répliqua Henri de Brécé en tirant sa moustache, évidemment le ministère Waldeck-Millerand est animé des pires intentions ; mais, je vous le répète, il est impopulaire, il ne durera pas.

— Il est impopulaire, reprit Henri Léon, mais êtes-vous sûr qu'il ne durera pas assez longtemps pour nous faire du mal ? Les gouvernements impopulaires durent autant que les autres. D'abord il n'y a pas de gouvernements populaires. Gouverner, c'est mécontenter. Nous sommes entre nous : nous n'avons pas besoin de dire des bêtises exprès. Est-ce que vous croyez que nous serons populaires, nous, quand nous serons le gouvernement ? Croyez-vous, Brécé, que les populations pleureront d'attendrissement en vous contemplant dans votre habit de chambellan, une clef dans le dos ? Et vous, Lacrisse, pensez-vous que vous serez acclamé dans les faubourgs, un jour de grève, quand vous serez préfet de police ? Regardez-vous dans la glace, et dites-moi si vous avez la tête d'une idole du peuple. Ne nous trompons pas nous-mêmes. Nous disons que le ministère Waldeck est composé d'idiots. Nous avons raison de le dire ; nous aurions tort de le croire.

— Ce qui doit nous rassurer, dit Joseph Lacrisse, c'est la faiblesse du gouvernement, qui ne sera pas obéi.

— Il y a belle lurette, dit Henri Léon, que nous n'avons que des gouvernements faibles. Ils nous ont tous battus.

— Le ministère Waldeck n'a pas un commissaire de police à sa disposition, répliqua Joseph Lacrisse, pas un seul !

— Tant mieux ! dit Henri Léon, car il suffirait d'un pour être coffrés tous les trois. Je vous le dis, le cercle se resserre. Méditez cette parole d'un philosophe ; elle en vaut la peine : « Les républicains gouvernent mal, mais ils se défendent bien. »

Cependant Henri de Brécé, penché sur son bureau, transformait un second pâté d'encre en coléoptère par l'adjonction d'une tête, de deux antennes et de six pattes. Il jeta un regard satisfait sur son œuvre, leva la tête et dit :

— Nous avons encore de belles cartes dans notre jeu, l'armée, le clergé...

Henri Léon l'interrompit :

— L'armée, le clergé, la magistrature, la bourgeoisie, les garçons bouchers, tout le train de plaisir de la République, quoi !... Cependant le train roule, et il roulera jusqu'à ce que le mécanicien arrête la machine.

— Ah ! soupira Joseph, si nous avions encore le Président Faure !...

— Félix Faure, reprit Henri Léon, s'était mis avec nous par vanité. Il était nationaliste pour chasser chez les Brécé. Mais il se serait retourné contre nous dès qu'il nous aurait vus sur le point de réussir. Ce n'était pas son intérêt de rétablir la monarchie. Dame ! qu'est-ce que la monarchie lui aurait donné ? Nous ne pouvions pourtant pas lui offrir l'épée de connétable. Regrettons-le ; il aimait l'armée ; pleurons-le ; mais ne soyons pas inconsolables de sa perte. Et puis il n'était pas le mécanicien. Loubet non plus n'est pas le mécanicien. Le Président de la République, quel qu'il soit, n'est pas maître de la machine. Ce qui est terrible, voyez-vous, mes amis, c'est que le train de la République est conduit par un mécanicien fantôme. On ne le voit pas, et la locomotive va toujours. Cela m'effraye, positivement.

» Et il y a autre chose encore, poursuivit Henri Léon. Il y a la veulerie générale. Je veux vous rapporter à ce sujet une parole profonde du citoyen Bissolo. C'était quand nous organisions, avec les antisémites, des manifestations spontanées contre Loubet. Nos bandes traversaient les boulevards en criant : « Panama ! Démission ! Vive l'armée ! » C'était superbe ! Le petit Ponthieu et les deux fils du général Decuir tenaient la tête, huit reflets au chapeau, un œillet blanc à la boutonnière, à la main une badine à pomme d'or. Et les meilleurs camelots de Paris formaient la colonne. On avait pu les choisir. Une bonne paye et pas de risques ! Ils auraient été bien fâchés de manquer une telle fête. Aussi quelles gueules, et quels poings, et quels gourdins !

» Une contre-manifestation ne tardait pas à se produire. Des bandes moins nombreuses et moins brillantes que les nôtres, aguerries cependant et résolues, s'avançaient à l'encontre de nous, aux cris de « Vive la République ! A bas la calotte ! » Parfois, du milieu de nos adversaires, un cri de « Vive Loubet ! » s'élevait, tout surpris lui-même de traverser les airs. Cette clameur insolite excitait, avant d'expirer, la colère des sergots, qui formaient précisément à cette heure un barrage sur le boulevard. Tel un austère galon de laine noire au bord d'un tapis bariolé. Mais bientôt cette bordure, animée d'un mouvement propre, se précipitait sur le front de la contre-manifestation, dont cependant une autre bande d'agents travaillait les derrières. Ainsi la police avait bientôt fait de mettre en pièces les partisans de monsieur Loubet et d'en traîner les débris méconnaissables dans les profondeurs insidieuses de la rue Drouot. C'était l'ordre de ces jours troublés. Monsieur Loubet ignorait-il, à l'Élysée, les procédés mis en usage par sa police pour faire respecter sur le boulevard le chef de l'État ? ou, les connaissant, n'y pouvait-il, n'y voulait-il rien changer ? Je l'ignore. Aurait-il compris que son impopularité elle-même, bien que solide et pleine, se dissipait, s'évanouissait presque, dans l'agréable et singulier spectacle offert, chaque soir, à un peuple spirituel ? Je ne le pense pas. Car alors cet homme serait effrayant : il aurait du génie, et je ne serais plus sûr de coucher cet hiver à l'Élysée, devant la chambre du Roi, en travers de la porte. Non, je crois que Loubet fut, cette fois encore, assez heureux pour ne pouvoir rien faire. Du moins est-il certain que les sergots, qui agirent spontanément et sur la seule impulsion de leur bon cœur, parvinrent, en rendant la répression sympathique, à répandre sur l'avènement du Président un peu de cette joie populaire qui y manquait tout à fait. En cela, si l'on y prend garde, ils nous ont fait plus de mal que de bien, puisqu'ils contentaient le public, quand nous avions intérêt à voir grandir le mécontentement général.

» Quoi qu'il en soit, une nuit, une des dernières de cette grande semaine, tandis que la manœuvre attendue s'exécutait de point en point, alors que la contre-manifestation se trouvait prise en tête et en queue par les agents et en flanc par nous-mêmes, je vis le citoyen Bissolo se détacher du front menacé des élyséens et, par grandes enjambées, avec un furieux tortillement de son petit corps, gagner l'angle de la rue Drouot où je me tenais avec une douzaine de camelots qui criaient sous mes ordres : « Panama ! Démission ! » Un petit coin bien tranquille ! Je battais la mesure et mes hommes détachaient les syllabes « Pa-na-ma ». C'était vraiment fait avec goût. Bissolo se blottit entre mes jambes. Il me craignait moins que les flics : il n'avait pas tort. Depuis deux ans, le citoyen Bissolo et moi, nous nous trouvions en face l'un de l'autre dans toutes les manifestations ; à l'entrée, à la sortie de toutes les réunions, en tête de tous les cortèges. Nous avions échangé toutes les injures politiques ; « Calotin, vendu, faussaire, traître, assassin, sans-patrie ! » Ça lie, ça crée une sympathie. Et puis j'étais content de voir un socialiste, presque un libertaire, protéger Loubet, qui est plutôt un modéré dans son genre. Je me disais : « Il doit être agacé, le Président, d'être acclamé par Bissolo, un nain, avec une voix de tonnerre, qui dans les réunions publiques réclame la nationalisation du capital. Il aimerait mieux, ce bourgeois, être soutenu par un bourgeois comme moi. Mais il peut se fouiller. Panama ! Panama ! Démission ! Démission ! Vive l'armée ! A bas les juifs ! Vive le Roi ! » Tout cela fit que je reçus Bissolo avec courtoisie. Je n'aurais eu qu'à dire : « Tiens ! voilà Bissolo ! » pour le faire écharper immédiatement par mes douze camelots. Mais ce n'était pas utile. Je ne dis rien. Nous étions bien calmes, l'un à côté de l'autre, et nous regardions le défilé des prisonniers loubettistes, qui étaient menés sans douceur au poste de la rue Drouot. Pour la plupart, ayant été préalablement assommés, ils traînaient aux bras des agents comme des bonshommes d'étoupe. Il se trouvait dans le nombre un député socialiste, très bel homme, tout en barbe. Il n'avait plus de manches... un apprenti qui pleurait et qui criait : « Maman ! Maman !... » un rédacteur d'un journal incolore, les yeux pochés ; son nez, une fontaine lumineuse. Et allez donc ! la *Marseillaise !* Qu'un sang impur... J'en remarquai surtout un qui était bien plus respectable et bien plus calamiteux que les autres. C'était une espèce de professeur, homme d'âge et grave. Évidemment, il avait voulu s'expliquer ; il s'était efforcé de faire entendre aux flics des paroles subtiles et persuasives. Sans quoi, on n'aurait pas compris que ceux-ci lui labourassent les reins, comme ils faisaient, des clous de leurs souliers, et abattissent sur son dos leurs poings sonores. Et comme il était très long, très mince, faible et de peu de poids, il sautillait sous les coups d'une façon tout à fait ridicule, et il montrait une tendance comique à s'échapper en hauteur. Sa tête nue était lamentable. Il avait cet air de submergé que prennent les myopes quand ils ont perdu leur lorgnon. Son visage exprimait la détresse infinie d'un être qui n'a plus de contact avec le monde extérieur que par des poignes solides et des semelles ferrées.

» Sur le passage de ce prisonnier malheureux, le citoyen Bissolo, bien qu'en territoire ennemi, ne put s'empêcher de soupirer et de dire :

» — C'est tout de même drôle que des républicains soient traités de cette manière-là dans une république.

» Je répondis poliment qu'en effet c'était assez joyeux.

» — Non, citoyen monarchiste, reprit Bissolo, non, ce n'est pas joyeux. C'est triste. Mais ce n'est pas là le vrai malheur. Le vrai malheur, je vais vous le dire, c'est l'avachissement public.

» Ainsi parla le citoyen Bissolo avec une confiance qui nous honorait tous deux. Je promenai un regard sur la foule, et il est vrai qu'elle me sembla molle et sans énergie. De son épaisseur jaillissait de temps à autre, comme un pétard lancé par un enfant, un cri d' « A bas Loubet! A bas les voleurs! A bas les juifs! Vive l'armée! »; il s'en dégageait une sympathie assez cordiale pour les bons sergots. Mais pas d'électricité, rien qui annonçât l'orage. Et le citoyen Bissolo poursuivit avec une mélancolie philosophique :

» — Le mal, le grand mal, c'est l'avachissement public. Nous, les républicains, nous, les socialistes et les libertaires, nous en souffrons aujourd'hui. Vous, messieurs les monarchistes et les césariens, vous en souffrirez demain. Et vous saurez à votre tour qu'il n'est pas facile de faire boire un âne qui n'a pas soif. On arrête les républicains, et personne ne bouge. Quand ce sera le tour des royalistes d'être arrêtés, personne ne bougera non plus. Vous pouvez y compter, la foule ne se grouillera pas pour vous délivrer, vous, monsieur Henri Léon, et votre ami monsieur Déroulède.

» Je vous avoue qu'à la lueur de ces paroles, je crus entrevoir la profondeur lugubre de l'avenir. Je répondis néanmoins avec quelque ostentation :

» — Citoyen Bissolo, il subsiste pourtant entre vous et nous cette différence que vous êtes pour la foule un tas de vendus et de sans-patrie, et que nous, les monarchistes et les nationalistes, nous jouissons de l'estime publique, nous sommes populaires.

» A ces mots, le citoyen Bissolo sourit bien agréablement et dit :

» — La monture est là, monseigneur; vous n'avez qu'à l'enfourcher. Mais quand vous serez dessus elle se couchera tranquillement au bord du chemin et vous fichera par terre. Il n'y a pas plus sale bourrique, je vous en avertis. Auquel de ses cavaliers, s'il vous plaît, la popularité n'a-t-elle pas cassé les reins? La foule a-t-elle jamais pu porter le moindre secours à ses idoles en péril? Vous n'êtes pas aussi populaires que vous dites, messieurs les nationalistes, et votre prétendant Gamelle n'est guère connu du public. Mais si jamais la foule vous prend amoureusement dans ses bras, vous découvrirez bientôt l'énormité de son impuissance et de sa lâcheté.

» Je ne pus me retenir de reprocher sévèrement au citoyen Bissolo de calomnier la foule française. Il me répondit qu'il était sociologue, qu'il faisait du socialisme à base scientifique, qu'il possédait dans une petite boîte une collection de faits exactement classés, qui lui permettaient d'opérer la révolution méthodique. Et il ajouta :

» — C'est la science, et non le peuple, en qui est la souveraineté. Une bêtise répétée par trente-six millions de bouches ne cesse pas d'être une bêtise. Les majorités ont montré le plus souvent une aptitude supérieure à la servitude. Chez les faibles, la faiblesse se multiplie avec le nombre des individus. Les foules sont toujours inertes. Elles n'ont un peu de force qu'au moment où elles crèvent de faim. Je suis en état de vous prouver que le matin du 10 août 1792 le peuple de Paris était encore royaliste. Il y a dix ans que je parle dans les réunions publiques et j'y ai attrapé pas mal de horions. L'éducation du peuple est à peine commencée, voilà la vérité. Dans la cervelle d'un ouvrier, à la place où les bourgeois logent leurs préjugés ineptes et cruels, il y a un grand trou. C'est à combler. On y arrivera. Ce sera long. En attendant, il vaut mieux avoir la tête vide que pleine de crapauds et de serpents. Tout cela est scientifique, tout cela est dans ma boîte. Tout cela est conforme aux lois de l'évolution... C'est égal, la veulerie générale me dégoûte. Et à votre place, elle me ferait peur. Regardez-moi vos partisans, les défenseurs du sabre et du goupillon, sont-ils assez mous, sont-ils assez gélatineux !

» Il dit, allongea les bras, hurla furieusement : « Vive la sociale ! » plongea tête basse dans la foule énorme et disparut sous la houle.

Joseph Lacrisse, qui avait entendu sans plaisir ce long récit, demanda si le citoyen Bissolo n'était pas une simple brute.

— C'est au contraire un homme d'esprit, répondit

Henri Léon, et qu'on voudrait avoir pour voisin de campagne, comme disait Bismarck en parlant de Lassalle. Bissolo n'eut que trop raison de dire qu'on ne fait pas boire un âne qui n'a pas soif.

12

MADAME de Bonmont concevait l'amour comme un abîme heureux. Après ce dîner de Madrid, ennobli par la lecture d'une lettre royale, au retour ému du Bois, dans la voiture chaude encore d'une étreinte historique, elle avait dit à Joseph Lacrisse : « Ce sera pour toujours ! » et cette parole, qui semblera vaine, si l'on considère l'instabilité des éléments qui servent de substance aux émotions amoureuses, n'en témoignait pas moins d'un spiritualisme convenable et d'un goût distingué pour l'infini. « Parfaitement ! » avait répondu Joseph Lacrisse.

Deux semaines s'étaient écoulées depuis cette nuit généreuse, deux semaines durant lesquelles le secrétaire du Comité départemental de la Jeunesse royaliste avait partagé son temps entre les soins du complot et ceux de son amour. La baronne, en costume tailleur, le visage couvert d'une voilette de dentelle blanche, était venue, à l'heure dite, dans le petit premier d'une discrète maison de la rue Lord-Byron ; trois pièces qu'elle avait aménagées elle-même avec toutes les délicatesses du cœur et fait tendre de ce bleu céleste dont s'enveloppaient naguère ses amours oubliées avec Raoul Marcien. Elle y avait trouvé Joseph Lacrisse correct, fier et même un peu farouche, charmant, jeune, mais non point tout à fait tel qu'elle eût voulu. Il était d'humeur sombre et semblait inquiet. Les sourcils froncés, les lèvres minces et serrées, il lui eût rappelé Rara, si elle n'avait possédé dans sa plénitude le don délicieux d'oublier le passé. Elle savait que, s'il était soucieux, ce n'était pas sans cause. Elle savait qu'il conspirait et qu'il était chargé, pour sa part, de « décerveler » un préfet de première classe et les principaux républicains d'un département très peuplé ; qu'il risquait dans cette entreprise sa liberté, sa vie, pour le trône et l'autel. C'est parce qu'il était un conspirateur qu'elle l'avait d'abord aimé. Mais à présent, elle l'aurait préféré plus souriant et plus tendre. Il ne l'avait pas mal accueillie. Il lui avait dit : « Vous voir, c'est une ivresse. Depuis quinze jours, je marche vivant dans mon rêve étoilé, positivement. » Et il avait ajouté : « Que vous êtes délicieuse ! » Mais il l'avait à peine regardée. Et tout de suite il était allé à la fenêtre. Il avait soulevé un petit coin du rideau, et depuix dix minutes il restait là, en observation.

Il lui dit sans se retourner :

— Je vous avais bien avertie, qu'il nous fallait deux sorties. Vous ne vouliez pas me croire... C'est encore heureux que nous soyons sur le devant. Mais l'arbre m'empêche de voir.

— L'acacia, soupira la baronne en défaisant lentement sa voilette.

La maison, en retrait, donnait sur une petite cour plantée d'un acacia et d'une douzaine de fusains, et fermée par une grille garnie de lierre.

— L'acacia, si vous voulez.

— Qu'est-ce que vous regardez, mon ami ?

— Un homme qui est là, en espalier, contre le mur d'en face.

— Qu'est-ce que c'est que cet homme ?

— Je n'en sais rien. Je regarde si ce n'est pas un de mes agents. Je suis filé. Depuis que j'habite Paris, je promène toute la journée deux agents. C'est agaçant à la longue. Cette fois je croyais pourtant bien les avoir semés.

— Est-ce que vous ne pourriez pas vous plaindre ?

— A qui ?

— Je ne sais pas... au gouvernement...

Il ne répondit rien et demeura quelque temps encore en observation. Puis, s'étant assuré que l'homme n'était pas un de ses agents, il revint à elle, un peu rasséréné.

— Combien je vous aime ! Vous êtes plus jolie encore que d'habitude. Je vous assure. Vous êtes adorable... Mais si on me les avait changés, mes agents !... C'est Dupuy qui me les avait donnés. Il y en avait un grand et un petit. Le grand portait des lunettes noires. Le petit avait un nez en bec de perroquet et des yeux d'oiseau, qui regardaient de côté. Je les connaissais. Ils n'étaient pas bien à craindre. Ils étaient brûlés. Quand j'étais à mon cercle, chacun de mes amis me disait en entrant : « Lacrisse, je viens de voir vos agents à la porte. » Je leur envoyais, à ces braves gens, des cigares et de la bière. Je me demandais, des fois, si Dupuy ne me les donnait pas pour me protéger. Il était brusque, quinteux, fantasque, Dupuy, mais il était tout de même un patriote. Je ne le compare pas aux ministres actuels. Avec eux, il faut jouer serré. S'ils m'avaient changé mes agents, les misérables !

Il retourna à la fenêtre.

— Non !... C'est un cocher qui fume sa pipe. Je n'avais pas remarqué son gilet rayé de jaune. La peur déforme les objets, c'est positif !... Je vous avoue que j'ai eu peur : vous pensez bien que c'était pour vous. Il ne faudrait pas que vous fussiez compromise à cause de moi. Vous êtes si charmante, si délicieuse !...

Il revint à elle, la pressa dans ses bras et l'assaillit de caresses profondes. Bientôt elle vit ses vêtements dans un tel désordre, que la pudeur, à défaut d'un autre sentiment, l'aurait obligée à les ôter.

— Élisabeth, dites-moi que vous m'aimez.

— Il me semble que si je ne vous aimais pas...

— Entendez-vous ce pas lourd, régulier, dans la rue ?

— Non, mon ami.

Et il était vrai que, plongée dans un néant délicieux,

elle ne prêtait pas l'oreille aux bruits du monde extérieur.

— Cette fois il n'y a pas d'erreur. C'est lui, mon agent, le petit, l'oiseau. J'ai ce pas-là dans l'oreille. Je le distinguerais entre mille.

Et il retourna à la fenêtre.

Ces alertes l'énervaient. Depuis l'échec du 23 février, il avait perdu sa belle assurance. Il commençait à croire que ce serait long et difficile. Le découragement gagnait la plupart de ses associés. Il devenait ombrageux. Tout l'irritait.

Elle eut le malheur de lui dire :

— Mon ami, n'oubliez pas que je vous ai fait inviter à dîner, pour demain, chez mon frère Wallstein. Ce sera une occasion de nous voir.

Il éclata :

— Votre frère Wallstein ! Ah ! causons de lui ! Il est de sa race, celui-là ! Henri Léon lui a parlé cette semaine d'une affaire intéressante, d'un journal de propagande qu'il faudrait répandre à profusion gratuitement dans les campagnes et dans les centres ouvriers. Il a fait semblant de ne pas comprendre. Il a donné des conseils, de bons conseils à Léon. Est-ce qu'il croit que c'est des conseils que nous lui demandons, votre frère Wallstein ?

Élisabeth était antisémite. Elle sentit qu'elle ne pouvait sans inélégance défendre son frère Wallstein, de Vienne, qu'elle aimait. Elle garda le silence.

Il se mit à jouer avec le petit revolver qu'il avait posé sur la table de nuit.

— Si l'on vient m'arrêter... dit-il.

Un flot rouge de colère lui monta au cerveau. Il s'écria que les juifs, les protestants, les francs-maçons, les libres penseurs, les parlementaires, les républicains, les ministériels, il voudrait les fesser en place publique, leur administrer des lavements de vitriol. Il devint éloquent, fit entendre le langage dévot des *Croix :*

— Les juifs et les francs-maçons dévorent la France. Ils nous ruinent et nous mangent. Mais patience !

Attendez seulement le procès de Rennes, et vous verrez si nous n'allons pas les saigner, leur fumer les jambons, leur truffer la peau, leur accrocher la tête à la devanture des charcutiers !... Tout est prêt. Le mouvement éclatera simultanément à Rennes et à Paris. Les dreyfusards seront écrabouillés sur le pavé des rues. Loubet sera grillé dans l'Élysée flambant. Et ce ne sera pas trop tôt.

Madame de Bonmont concevait l'amour comme un abîme heureux. Elle ne croyait pas que ce fût assez pour un jour d'oublier une seule fois l'univers dans cette chambre tendue de bleu céleste. Elle s'efforça de ramener son ami à de plus douces pensées. Elle lui dit :

— Vous avez de beaux cils.

Et elle lui donna de petits baisers sur les paupières.

Quand elle rouvrit les yeux, languissante, et rappelant dans son âme heureuse l'infini qui l'avait remplie un moment, elle vit Joseph soucieux et qui semblait loin d'elle, bien qu'elle le retînt encore de l'un de ses beaux bras amollis et dénoués. D'une voix tendre comme un soupir, elle lui demanda :

— Qu'est-ce que vous avez, mon ami ? Nous étions si heureux tout à l'heure !

— Certainement, répondit Joseph Lacrisse. Mais je pense que j'ai trois dépêches chiffrées à envoyer avant la nuit. C'est compliqué et c'est dangereux. Nous avons bien cru un moment que Dupuy avait intercepté nos télégrammes du 22 février. Il y avait dedans de quoi nous faire coffrer tous.

— Et il ne les avait pas interceptés, mon ami ?

— Faut croire que non, puisque nous n'avons pas été inquiétés. Mais j'ai des raisons de penser que, depuis une quinzaine de jours, le gouvernement nous surveille. Et tant que nous n'aurons pas étranglé la gueuse, je ne serai pas tranquille.

Elle, alors, tendre et radieuse, lui jeta autour du cou ses bras, comme une guirlande fleurie et parfumée, fixa sur lui les saphirs humides de ses prunelles et lui dit avec un sourire de sa bouche ardente et fraîche :

— Ne t'inquiète plus, mon ami. Ne te tourmente plus. Vous réussirez, j'en suis sûre. Elle est perdue leur République. Comment veux-tu qu'elle te résiste ? On ne veut plus des parlementaires. On n'en veut plus, je le sais bien. On ne veut plus des francs-maçons, des libres penseurs, de toutes ces vilaines gens qui ne croient pas en Dieu, qui n'ont ni religion ni patrie. Car c'est la même chose, n'est-ce pas, la religion et la patrie ? Il y a un élan admirable des âmes. Le dimanche, à la messe, les églises sont pleines. Et il n'y a pas que des femmes, comme les républicains voudraient le faire croire. Il y a des hommes, des hommes du monde, des officiers. Croyez-moi, mon ami, vous réussirez. D'abord, je ferai brûler des cierges pour vous dans la chapelle de saint Antoine.

Lui, pensif et grave :

— Oui, ce sera enlevé dans les premiers jours de septembre. L'esprit public est bon. Nous avons les vœux, les encouragements des populations. Oh ! les sympathies, ce n'est pas cela qui nous manque.

Elle lui demanda imprudemment ce qui leur manquait.

— Ce qui nous manque, ou du moins ce qui pourrait nous manquer, si la campagne se prolongeait, c'est le nerf de la guerre, parbleu ! c'est l'argent. On nous en donne. Mais il en faut beaucoup. Trois dames du meilleur monde nous ont apporté trois cent mille francs. Monseigneur a été sensible à cette générosité bien française. N'est-ce pas qu'il y a dans cette offrande faite par des femmes à la royauté quelque chose de charmant, d'exquis, qui sent l'ancienne France, l'ancienne société ?

Maintenant la baronne, devant la glace, refaisait sa toilette et ne semblait pas entendre.

Il précisa sa pensée :

— Ils roulent, maintenant, ils roulent, ces trois cent mille francs, apportés par de blanches mains. Monseigneur nous a dit avec une grâce chevaleresque : « Dépensez les trois cent mille francs jusqu'au dernier sol. » Si une belle petite main nous apportait cent mille autres francs, elle serait bénie. Elle aurait contribué à sauver la France. Il y a une bonne place à prendre parmi les amazones du chèque, dans l'escadron des belles ligueuses. Je promets, sans crainte d'être désavoué, je promets à la quatrième venue une lettre autographe du Prince et, qui plus est, pour cet hiver, un tabouret à la Cour.

Cependant la baronne, se sentant tapée, en concevait une impression pénible. Ce n'était pas la première fois. Mais elle ne s'y accoutumait point. Et elle jugeait tout à fait inutile de contribuer de son argent à la restauration du trône. Sans doute elle aimait ce jeune prince si beau, tout rose avec une belle barbe de soie blonde. Elle souhaitait ardemment son retour, elle était impatiente de voir son entrée dans Paris, et son sacre. Mais elle se disait qu'avec deux millions de revenu il n'avait pas besoin qu'on lui donnât autre chose que de l'amour, des vœux et des fleurs. Joseph Lacrisse ayant fini de parler, le silence devenait pénible. Elle murmura devant la glace :

— Comme je suis coiffée, mon Dieu !

Puis, ayant achevé sa toilette, elle tira de son petit porte-monnaie un trèfle à quatre feuilles enfermé dans un médaillon de verre entouré d'un cercle de vermeil. Elle le tendit à son ami et lui dit d'un ton sentimental :

— Il vous portera bonheur. Promettez-moi de le garder toujours.

Joseph Lacrisse sortit le premier de l'appartement bleu, afin de détourner sur lui les agents, s'il était filé. Sur le palier, il murmura avec une mauvaise grimace :

— Une vraie Wallstein, celle-là ! Elle a beau être baptisée... La caque sent toujours le hareng.

13

DANS le tiède et lumineux déclin du jour le jardin du Luxembourg était comme baigné d'une poussière d'or. M. Bergeret s'assit, entre MM. Denis et Goubin, sur la terrasse, au pied de la statue de Marguerite d'Angoulême.

— Messieurs, dit-il, je veux vous lire un article qui a paru ce matin dans le *Figaro*. Je ne vous en nommerai pas l'auteur. Je pense que vous le reconnaîtrez. Puisque le hasard le veut, je vous ferai volontiers cette lecture devant cette aimable femme qui goûtait la bonne doctrine et estimait les hommes de cœur et qui, pour s'être montrée docte, sincère, tolérante et pitoyable, et pour avoir tenté d'arracher les victimes aux bourreaux, ameuta contre elle toute la moinerie et fit aboyer tous les sorbonnagres. Ils dressèrent à l'insulter les polissons du collège de Navarre et, si elle n'eût été la sœur du roi de France, ils l'eussent cousue dans un sac et jetée en Seine. Elle avait une âme douce, profonde et riante. Je ne sais si, vivante, elle eut cet air de malice et de coquetterie qu'on lui voit dans ce marbre d'un sculpteur peu connu : il se nomme Lescorné. Il est certain du moins qu'on ne le trouve pas dans les crayons secs et sincères des élèves de Clouet, qui nous ont laissé son portrait. Je croirais plutôt que son sourire était souvent voilé de tristesse, et qu'un pli douloureux tirait ses lèvres quand elle a dit : « J'ai porté plus que mon faix de l'ennui commun à toute créature bien née. » Elle ne fut point heureuse dans son existence privée et elle vit autour d'elle les méchants triompher aux applaudissements des ignorants et des lâches. Je crois qu'elle aurait écouté avec sympathie ce que je vais lire, quand ses oreilles n'étaient pas de marbre.

Et M. Bergeret, ayant déployé son journal, lut ce qui suit :

LE BUREAU

« Pour se reconnaître dans toute cette affaire, il fallait, à l'origine, quelque application et une certaine méthode critique, avec le loisir de l'exercer. Aussi voit-on que la lumière s'est faite d'abord chez ceux qui, par la qualité de leur esprit et la nature de leurs travaux, étaient plus aptes que d'autres à se débrouiller dans des recherches difficiles. Il ne fallut plus ensuite que du bon sens et de l'attention. Le sens commun suffit aujourd'hui.

» Si la foule a longtemps résisté à la vérité pressante, c'est ce dont il ne faut pas s'étonner : on ne doit s'étonner de rien. Il y a des raisons à tout. C'est à nous de les découvrir. Dans le cas présent, il n'est pas besoin de beaucoup de réflexion pour s'apercevoir que le public a été trompé autant qu'on peut l'être, et qu'on a abusé de sa crédulité touchante. La presse a beaucoup aidé au succès du mensonge. Le gros des journaux s'étant porté au secours des faussaires, les feuilles ont publié surtout des pièces fausses ou falsifiées, des injures et des mensonges. Mais il faut reconnaître que, le plus souvent, c'était pour contenter leur public et répondre aux sentiments intimes du lecteur. Et il est certain que la résistance à la vérité vint de l'instinct populaire.

» La foule, j'entends la foule des gens incapables de penser par eux-mêmes, ne comprit pas ; elle ne pouvait pas comprendre. La foule se faisait de l'armée une idée simple. Pour elle, l'armée, c'était la parade, le défilé, la revue, les manœuvres, les uniformes, les bottes, les éperons, les épaulettes, les canons, les drapeaux. C'était aussi la conscription avec les rubans au chapeau et les litres de vin bleu, le quartier, l'exercice, la chambrée, la salle de police, la cantine. C'était encore l'imagerie nationale, les petits tableaux luisants de nos peintres militaires qui peignent des uniformes si frais et des batailles si propres. C'était enfin un symbole de force et de sécurité, d'honneur et de gloire. Ces chefs qui défilent à cheval, l'épée au poing, dans les éclairs de l'acier et les feux de l'or, au son des musiques, au bruit des tambours, comment croire que tantôt, enfermés dans une chambre, courbés sur une table, tête à tête avec des agents brûlés de la Préfecture de police, ils maniaient le grattoir, passaient la gomme ou semaient la sandaraque, effaçant ou mettant un nom sur une pièce, prenaient la plume pour contrefaire des écritures, afin de perdre un innocent ; ou bien encore méditaient des travestissements burlesques pour des rendez-vous mystérieux avec le traître qu'il fallait sauver ?

» Ce qui, pour la foule, ôtait toute vraisemblance à ces crimes, c'est qu'ils ne sentaient point le grand air, la route matinale, le champ de manœuvres, le champ de bataille, mais qu'ils avaient une odeur de bureau, un goût de renfermé ; c'est qu'ils n'avaient pas l'air militaire. En effet, toutes les pratiques auxquelles on eut recours pour celer l'erreur judiciaire de 1895, toute cette paperasserie infâme, toute cette chicane ignoble et scélérate, pue le bureau, le sale bureau. Tout ce que les quatre murs de papier vert, la table de chêne, l'encrier de porcelaine entouré d'éponge, le couteau de buis, la carafe sur la cheminée, le cartonnier, le rond de cuir peuvent suggérer d'imaginations saugrenues et de pensées mauvaises à ces sédentaires, à ces pauvres « assis », qu'un poète a chantés, à des gratte-papier intrigants et paresseux, humbles et vaniteux, oisifs jusque dans l'accomplissement de leur besogne oiseuse, jaloux les uns des autres et fiers de leur bureau, tout ce qui se peut faire de louche, de faux, de perfide et de bête avec du papier, de l'encre, de la méchanceté et de la sottise, est sorti d'un coin de ce bâtiment sur lequel sont sculptés des trophées d'armes et des grenades fumantes.

» Les travaux qui s'accomplirent là durant quatre années, pour mettre à la charge d'un condamné les preuves qu'on avait négligé de produire avant la condamnation et pour acquitter le coupable que tout accusait et qui s'accusait lui-même, sont d'une monstruosité qui passe l'esprit modéré d'un Français et il s'en dégage une bouffonnerie tragique qu'on goûte mal dans un pays dont la littérature répugne à la confusion des genres. Il faut avoir étudié de près les documents et les enquêtes pour admettre la réalité de ces intrigues et de ces manœuvres prodigieuses d'audace et d'ineptie, et je conçois que le public, distrait et mal averti, ait refusé d'y croire, alors même qu'elles étaient divulguées.

» Et pourtant il est bien vrai qu'au fond d'un couloir de ministère, sur trente mètres carrés de parquet ciré, quelques bureaucrates à képi, les uns paresseux et fourbes, les autres agités et turbulents, ont, par leur paperasserie perfide et frauduleuse, trahi la justice et trompé tout un grand peuple. Mais si cette affaire, qui fut surtout l'affaire de Mercier et des bureaux, a révélé de vilaines mœurs, elle a suscité aussi de beaux caractères.

» Et dans ce bureau même il se trouva un homme qui ne ressemblait nullement à ceux-là. Il avait l'esprit lucide, avec de la finesse et de l'étendue, le caractère grand, une âme patiente, largement humaine, d'une invincible douceur. Il passait avec raison pour un des officiers les plus intelligents de l'armée. Et, bien que cette singularité des êtres d'une essence trop rare pût lui être nuisible, il avait été nommé lieutenant-colonel le premier des officiers de son âge, et tout lui présageait, dans l'armée, le plus brillant avenir. Ses amis connaissaient son indulgence un peu railleuse et sa bonté solide. Ils le savaient doué du sens supérieur de la beauté, apte à sentir vivement la musique et les lettres, à vivre dans le monde ethéré des idées. Ainsi que tous les hommes dont la vie intérieure est profonde et réfléchie, il développait dans la solitude ses facultés intellectuelles et morales. Cette disposition à se replier sur lui-même, sa simplicité naturelle, son esprit de renoncement et de sacrifice, et cette belle candeur, qui reste parfois comme une grâce dans les âmes les mieux averties du mal universel, faisaient de lui un de ces soldats qu'Alfred de Vigny avait vus ou devinés, calmes héros de chaque jour, qui communiquent aux plus humbles soins qu'ils prennent la noblesse qui est en eux, et pour qui l'accomplissement du devoir régulier est la poésie familière de la vie.

» Cet officier, ayant été appelé au deuxième bureau, y découvrit un jour que Dreyfus avait été condamné pour le crime d'Esterhazy. Il en avertit ses chefs. Ils essayèrent d'abord par douceur, puis par menaces, de l'arrêter dans des recherches qui, en découvrant l'innocence de Dreyfus, découvriraient leurs erreurs et leurs crimes. Il sentit qu'il se perdait en persévérant. Il persévéra. Il poursuivit avec une réflexion calme, lente et sûre, d'un tranquille courage, son œuvre de justice. On l'écarta. On l'envoya à Gabès et jusque sur la frontière tripolitaine, sous quelque mauvais prétexte, sans autre raison que de le faire assassiner par des brigands arabes.

» N'ayant pu le tuer, on essaya de le déshonorer, on tenta de le perdre sous l'abondance des calomnies. Par des promesses perfides, on crut l'empêcher de parler au procès Zola. Il parla. Il parla avec la tranquillité du juste, dans la sérénité d'une âme sans crainte et sans désirs. Ni faiblesses ni outrances en ses paroles. Le ton d'un homme qui fait son devoir ce jour-là comme les autres jours, sans songer un moment qu'il y a, cette fois, un singulier courage à le faire. Ni les menaces ni les persécutions ne le firent hésiter une minute.

» Plusieurs personnes ont dit que pour accomplir sa

tâche, pour établir l'innocence d'un juif et le crime d'un chrétien, il avait dû surmonter des préjugés cléricaux, vaincre des passions antisémites enracinées dans son cœur dès son jeune âge, tandis qu'il grandissait sur cette terre d'Alsace et de France qui le donna à l'armée et à la patrie. Ceux qui le connaissent savent qu'il n'en est rien, qu'il n'a de fanatisme d'aucune sorte, que jamais aucune de ses pensées ne fut d'un sectaire, que sa haute intelligence l'élève au-dessus des haines et des partialités, et qu'enfin c'est un esprit libre.

» Cette liberté intérieure, la plus précieuse de toutes, ses persécuteurs ne purent la lui ôter. Dans la prison où ils l'enfermèrent et dont les pierres, comme a dit Fernand Gregh, formeront le socle de sa statue, il était libre, plus libre qu'eux. Ses lectures abondantes, ses propos calmes et bienveillants, ses lettres pleines d'idées hautes et sereines attestaient (je le sais) la liberté de son esprit. C'est eux, ses persécuteurs et ses calomniateurs, qui étaient prisonniers, prisonniers de leurs mensonges et de leurs crimes. Des témoins l'ont vu paisible, souriant, indulgent, derrière les barrières et les grilles. Alors que se faisait ce grand mouvement d'esprits, que s'organisaient ces réunions publiques qui réunissaient par milliers des savants, des étudiants et des ouvriers, que des feuilles de pétitions se couvraient de signatures pour demander, pour exiger la fin d'un emprisonnement scandaleux, il dit à Louis Havet, qui était venu le voir dans sa prison : « Je suis plus tranquille que vous. » Je crois pourtant qu'il souffrait. Je crois qu'il a souffert cruellement de tant de bassesse et de perfidie, d'une injustice si monstrueuse, de cette épidémie de crime et de folie, des fureurs exécrables de ces hommes qui trompaient la foule, des fureurs pardonnables de la foule ignorante. Il a vu, lui aussi, la vieille femme porter avec une sainte simplicité le fagot pour le supplice de l'innocent. Et comment n'aurait-il pas souffert en voyant les hommes pires qu'il ne croyait dans sa philosophie, moins courageux ou moins intelligents, à l'essai, que ne pensent les psychologues dans leur cabinet de travail ? Je crois qu'il a souffert au dedans de lui-même, dans le secret de son âme silencieuse et comme voilée du manteau stoïque. Mais j'aurais honte de le plaindre. Je craindrais trop que ce murmure de pitié humaine n'arrivât jusqu'à ses oreilles et n'offensât la juste fierté de son cœur. Loin de le plaindre, je dirai qu'il fut heureux, heureux parce qu'au jour soudain de l'épreuve il se trouva prêt et n'eut point de faiblesse, heureux parce que des circonstances inattendues lui ont permis de donner la mesure de sa grande âme, heureux parce qu'il se montra honnête homme avec héroïsme et simplicité, heureux parce qu'il est un exemple aux soldats et aux citoyens. La pitié, il faut la garder à ceux qui ont failli. Au colonel Picquart on ne doit donner que de l'admiration. »

M. Bergeret, ayant achevé sa lecture, plia son journal. La statue de Marguerite de Navarre était toute rose. Au couchant, le ciel, dur et splendide, se revêtait, comme d'une armure, d'un réseau de nuages pareils à des lames de cuivre rouge.

14

CE soir-là, M. Bergeret reçut, dans son cabinet, la visite de son collègue Jumage.

Alphonse Jumage et Lucien Bergeret étaient nés le même jour, à la même heure, de deux mères amies, pour qui ce fut, par la suite, un inépuisable sujet de conversations. Ils avaient grandi ensemble. Lucien ne s'inquiétait en aucune manière d'être entré dans la vie au même moment que son camarade. Alphonse, plus attentif, y songeait avec contention. Il accoutuma son esprit à comparer, dans leur cours, ces deux existences simultanément commencées, et il se persuada peu à peu qu'il était juste, équitable et salutaire, que les progrès de l'une et de l'autre fussent égaux.

Il observait d'un œil intéressé ces carrières jumelles qui se poursuivaient toutes deux dans l'enseignement et, mesurant sa propre fortune à une autre, il se procurait de constants et vains soucis, qui troublaient la limpidité naturelle de son âme. Et que M. Bergeret fût professeur de faculté quand il était lui-même professeur de grammaire dans un lycée suburbain, c'est ce que Jumage ne trouvait pas conforme à l'exemplaire de justice divine qu'il portait imprimé dans son cœur. Il était trop honnête homme pour en faire un grief à son ami. Mais quand celui-ci fut chargé d'un cours à la Sorbonne, Jumage en souffrit par sympathie.

Un effet assez étrange de cette étude comparée de

deux existences fut que Jumage s'habitua à penser et à agir en toute occasion au rebours de Bergeret ; non qu'il n'eût point l'esprit sincère et probe, mais parce qu'il ne pouvait se défendre de soupçonner quelque malignité dans des succès de carrière plus grands et meilleurs que les siens, par conséquent iniques. C'est ainsi que, pour toutes sortes de raisons honorables qu'il s'était données et pour celle qu'il avait d'être le contradicteur, d'être l'autre de M. Bergeret, il s'engagea dans les nationalistes, quand il vit que le professeur de faculté avait pris le parti de la révision. Il se fit inscrire à la ligue de *l'Agitation française,* et même il y prononça des discours. Il se mettait pareillement en opposition avec son ami sur tous les sujets, dans les systèmes de chauffage économique et dans les règles de la grammaire latine. Et comme enfin M. Bergeret n'avait pas toujours tort, Jumage n'avait pas toujours raison.

Cette contrariété, qui avait pris avec les années l'exactitude d'un système raisonné, n'altéra point une amitié formée dès l'enfance. Jumage s'intéressait vraiment à Bergeret dans les disgrâces que celui-ci essuyait au cours parfois tourmenté de sa vie. Il allait le voir à chaque malheur qu'il apprenait. C'était l'ami des mauvais jours.

Ce soir-là, il s'approcha de son vieux camarade avec cette mine brouillée et trouble, ce visage couperosé de joie et de tristesse, que Lucien connaissait.

— Tu vas bien, Lucien ? Je ne te dérange pas ?

— Non. Je lisais dans *les Mille et Une Nuits,* nouvellement traduites par le docteur Mardrus, l'histoire du portefaix avec les jeunes filles. Cette version est littérale, et c'est tout autre chose que *les Mille et Une Nuits* de notre vieux Galland.

— Je venais te voir... dit Jumage, te parler... Mais ça n'a aucune importance... Alors tu lisais *les Mille et Une Nuits ?...*

— Je les lisais, répondit M. Bergeret. Je les lisais pour la première fois. Car l'honnête Galland n'en donne pas l'idée. C'est un excellent conteur, qui a soigneusement corrigé les mœurs arabes. Sa Shéhérazade, comme l'Esther de Coypel, a bien son prix. Mais nous avons ici l'Arabie avec tous ses parfums.

— Je t'apportais un article, reprit Jumage. Mais, je te le répète, c'est sans importance.

Et il tira de sa poche un journal. M. Bergeret tendit lentement la main pour le prendre. Jumage le remit dans sa poche, M. Bergeret replia le bras, et Jumage posa, d'une main un peu tremblante, le papier sur la table.

— Encore une fois, c'est sans importance. Mais j'ai pensé qu'il valait mieux... Peut-être est-il bon que tu saches... Tu as des ennemis, beaucoup d'ennemis...

— Flatteur ! dit M. Bergeret.

Et prenant le journal, il lut ces lignes marquées au crayon bleu :

Un vulgaire pion dreyfusard, l'intellectuel Bergeret qui croupissait en province, vient d'être chargé de cours à la Sorbonne. Les étudiants de la Faculté des lettres protestent énergiquement contre la nomination de ce protestant antifrançais. Et nous ne sommes pas surpris d'apprendre que bon nombre d'entre eux ont décidé d'accueillir comme il le mérite, par des huées, ce sale juif allemand, que le ministre de la trahison publique a l'outrecuidance de leur imposer comme professeur.

Et quand M. Bergeret eut achevé sa lecture :

— Ne lis donc pas cela, dit vivement Jumage. Cela n'en vaut pas la peine. C'est si peu de chose !

— C'est peu, j'en conviens, répondit M. Bergeret. Encore faut-il me laisser ce peu comme un témoignage obscur et faible, mais honorable et véritable de ce que j'ai fait dans des temps difficiles. Je n'ai pas beaucoup fait. Mais enfin j'ai couru quelques risques. Le doyen Stapfer fut suspendu pour avoir parlé de la justice sur une tombe. Monsieur Bourgeois était alors grand maître de l'Université. Et nous avons connu des jours plus mauvais que ceux que nous fit monsieur Bourgeois. Sans la fermeté généreuse de mes chefs, j'étais chassé de l'Université par un ministre privé de sagesse. Je n'y pensai point alors. Je peux bien y songer maintenant et réclamer le loyer de mes actes. Or, quelle récompense puis-je attendre plus digne, plus belle en son âpreté, plus haute que l'injure des ennemis de la justice ? J'eusse souhaité que l'écrivain qui, malgré lui, me rend témoignage sût exprimer sa pensée dans une forme plus mémorable. Mais c'était trop demander.

Ayant ainsi parlé, M. Bergeret plongea la lame de son couteau d'ivoire dans les pages des nouvelles *Mille et Une Nuits*. Il aimait à couper les feuillets des livres. C'était un sage qui se faisait des voluptés appropriées à son état. L'austère Jumage lui envia cet innocent plaisir. Le tirant par la manche :

— Écoute-moi, Lucien. Je n'ai aucune de tes idées sur l'Affaire. J'ai blâmé ta conduite. Je la blâme encore. Je crains qu'elle n'ait les plus fâcheuses conséquences pour ton avenir. Les vrais Français ne te pardonneront jamais. Mais je tiens à déclarer que je réprouve énergiquement les procédés de polémique dont certains journaux usent à ton égard. Je les condamne. Tu n'en doutes pas ?

— Je n'en doute pas.

Et après un moment de silence, Jumage reprit :

— Remarque, Lucien, que tu es diffamé en raison de tes fonctions. Tu peux appeler ton diffamateur devant le jury. Mais je ne te le conseille pas. Il serait acquitté.

— Cela est à prévoir, dit M. Bergeret, à moins que je ne pénètre dans la salle des assises en chapeau à plumes, une épée au côté, des éperons à mes bottes, et traînant derrière moi vingt mille camelots à mes gages. Car alors ma plainte serait entendue des juges et des jurés. Quand on leur soumit cette lettre mesurée que Zola écrivit à un Président de la République mal préparé à la lire, si les jurés de la Seine en condamnèrent l'auteur, c'est qu'ils délibéraient sous des cris inhumains, sous des menaces hideuses, dans un insupportable bruit de ferrailles, au milieu de tous les fantômes de l'erreur et du mensonge. Je ne dispose pas d'un si farouche appareil. Il est donc très probable que mon diffamateur serait acquitté.

— Tu ne peux pourtant pas rester insensible aux outrages. Que comptes-tu faire ?

— Rien. Je me tiens pour satisfait. J'ai autant à me louer des injures de la presse que de ses éloges. La vérité a été servie dans les journaux par ses ennemis autant que par ses amis. Quand une petite poignée d'hommes dénoncèrent pour l'honneur de la France la condamnation frauduleuse d'un innocent, ils furent traités en ennemis par le gouvernement et par l'opinion. Ils parlèrent cependant. Et, par la parole, ils furent les plus forts. Le gros des feuilles travaillait contre eux, avec quelle ardeur, tu le sais ! Mais elles servirent la vérité malgré elles, et en publiant des pièces fausses...

— Il n'y a pas eu autant de pièces fausses que tu crois, Lucien.

— ... permirent d'en établir la fausseté. L'erreur éparse ne put rejoindre ses tronçons dispersés. Finalement il ne subsista que ce qui avait de la suite et de la continuité. La vérité possède une force d'enchaînement que l'erreur n'a pas. Elle forma, devant l'injure et la haine impuissantes, une chaîne que rien ne peut plus rompre. C'est à la liberté, à la licence de la presse que nous devons le triomphe de notre cause.

— Mais, vous n'êtes pas triomphants, s'écria Jumage, et nous ne sommes pas vaincus ! C'est tout le contraire. L'opinion du pays est déclarée contre vous. Toi et tes amis, j'ai le regret de te le dire, vous êtes exécrés, honnis et conspués unanimement. Nous vaincus ? tu plaisantes. Tout le pays est avec nous.

— Aussi êtes-vous vaincus par le dedans. Si je m'arrêtais aux apparences, je pourrais vous croire victorieux et désespérer de la justice. Il y a des criminels impunis ; la forfaiture et le faux témoignage sont publiquement approuvés comme des actes louables. Je n'espère pas que les adversaires de la vérité avouent qu'ils se sont trompés. Un tel effort n'est possible qu'aux plus grandes âmes.

» Il y a peu de changement dans l'état des esprits. L'ignorance publique a été à peine entamée. Il nc s'cst pas produit de ces brusques revirements des foules, qui étonnent. Rien n'est survenu de sensible ni de frappant. Pourtant il n'est plus, le temps où un Président de la République abaissait au niveau de son âme la justice, l'honneur de la patrie, les alliances de la République, où la puissance des ministres résultait de leur entente avec les ennemis des institutions dont ils avaient la garde ; temps de brutalité et d'hypocrisie où le mépris de l'intelligence et la haine de la justice étaient à la fois une opinion populaire et une doctrine d'État, où les pouvoirs publics protégeaient les porteurs de matraque, où c'était un délit de crier « Vive la République ! » Ces temps sont déjà loin de nous, comme descendus dans un passé profond, plongés dans l'ombre des âges barbares.

» Ils peuvent revenir ; nous n'en sommes séparés encore par rien de solide, ni même rien d'apparent et de distinct. Ils se sont évanouis comme les nuages de l'erreur qui les avait formés. Le moindre souffle peut encore ramener ces ombres. Mais quand tout conspirerait à vous fortifier, vous n'en êtes pas moins irrémédiablement perdus. Vous êtes vaincus par le dedans, et c'est la défaite irréparable. Quand on est vaincu du dehors, on peut continuer la résistance et espérer une revanche. Votre ruine est en vous. Les conséquences nécessaires de vos erreurs et de vos crimes se produisent malgré vous et vous voyez avec étonnement votre perte commencée. Injustes et violents, vous êtes détruits par votre injustice et votre violence. Et voici que le parti énorme de l'iniquité demeuré intact, respecté, redouté, tombe et s'écroule de lui-même.

» Qu'importe, dès lors, que les sanctions légales tardent ou manquent ! La seule justice naturelle et véritable est dans les conséquences mêmes de l'acte, non dans des formules extérieures, souvent étroites, parfois arbitraires. Pourquoi se plaindre que de grands coupables échappent à la loi et gardent de méprisables honneurs ? Cela n'importe pas plus, dans notre état social, qu'il n'importait, dans la jeunesse de la terre, quand déjà les grands sauriens des océans primitifs disparaissaient devant des animaux d'une forme plus belle et d'un instinct plus heureux, qu'il restât encore, échoués sur le limon des plages, quelques monstrueux survivants d'une race condamnée.

Sortant de chez son ami, Jumage rencontra, devant la grille du Luxembourg, le jeune M. Goubin.

— Je viens de voir Bergeret, lui dit-il. Il m'a fait de la peine. Je l'ai trouvé très accablé, très abattu. L'Affaire l'a écrasé.

15

HENRI de Brécé, Joseph Lacrisse et Henri Léon étaient réunis au siège du Comité exécutif, rue de Berri. Ils expédièrent les affaires courantes. Puis, Joseph Lacrisse, s'adressant à Henri de Brécé :

— Mon cher président, je vais vous demander une préfecture pour un bon royaliste. Vous ne me la refuserez pas, j'en suis sûr, quand je vous aurai exposé les titres de mon candidat. Son père, Ferdinand Dellion, maître de forges à Valcombe, mérite à tous égards la bienveillance du Roi. C'est un patron soucieux du bien-être physique et moral de ses ouvriers. Il leur distribue des médicaments, et veille à ce qu'ils aillent le dimanche à la messe, à ce qu'ils envoient leurs enfants aux écoles congréganistes, à ce qu'ils votent bien et à ce qu'ils ne se syndiquent pas. Malheureusement, il est combattu par le député Cottard et mal soutenu par le sous-préfet de Valcombe. Son fils Gustave est un des membres les plus actifs et les plus intelligents de mon Comité départemental. Il a mené avec énergie la campagne antisémite dans notre ville et il s'est fait arrêter en manifestant, à Auteuil, contre Loubet. Vous ne refuserez pas, mon cher président, une préfecture à Gustave Dellion.

— Une préfecture !... murmura Brécé en feuilletant le registre des fonctionnaires. Une préfecture... Nous n'avons plus que Guéret et Draguignan. Voulez-vous Guéret ?

Joseph Lacrisse sourit à peine et dit :

— Mon cher président, Gustave Dellion est mon collaborateur. Il procédera sous mes ordres, au jour fixé, à la suppression violente du préfet Worms-Clavelin. Il serait juste qu'il le remplaçât.

Henri de Brécé, le regard fixé sur son registre, répondit que c'était impossible. Le successeur de Worms-Clavelin était déjà nommé. Monseigneur avait désigné Jacques de Cadde, un des premiers souscripteurs des listes Henry.

Lacrisse objecta que Jacques de Cadde était étranger au département ; Henri de Brécé déclara qu'on ne discutait pas un ordre du Roi, et la dispute devenait assez vive quand Henri Léon, à cheval sur sa chaise, étendit le bras et dit d'un ton tranchant :

— Le successeur de Worms-Clavelin ne sera ni Jacques de Cadde ni Gustave Dellion. Ce sera Worms-Clavelin.

Lacrisse et Brécé se récrièrent.

— Ce sera Worms-Clavelin, reprit Léon, Worms-Clavelin, qui n'attendra pas votre venue pour arborer sur le toit de la préfecture le drapeau fleurdelisé, et que le ministre de l'Intérieur, nommé par le Roi, aura maintenu, par téléphone, à la tête de l'administration départementale.

— Worms-Clavelin, préfet de la monarchie ! je ne vois pas cela, dit dédaigneusement Brécé.

— Ce serait choquant, en effet, répliqua Henri Léon ; mais si c'est le chevalier de Clavelin qui est nommé préfet, il n'y a plus rien à dire. Ne nous faisons pas d'illusions. Ce n'est pas à nous que le Roi donnera les meilleures places. L'ingratitude est le premier devoir d'un prince. Aucun Bourbon n'y a manqué. Je le dis à la louange de la Maison de France.

» Vous croyez vraiment que le Roi fera son gouvernement avec l'œillet blanc, le bleuet et la rose de France, qu'il prendra ses ministres au Jockey et à

Puteaux, et que Christiani sera nommé grand maître des cérémonies ? Quelle erreur ! La rose de France, le bleuet et l'œillet blanc seront laissés à terre, dans l'ombre où se plaît la violette. Christiani sera mis en liberté, rien de plus. Il sera mal vu pour avoir défoncé le chapeau de Loubet. Parfaitement !... Loubet, qui n'est pour nous à présent qu'un vil panamitard, quand nous l'aurons remplacé, sera un prédécesseur. Le Roi ira s'asseoir dans son fauteuil aux courses d'Auteuil, et il estimera alors que Christiani a créé un fâcheux précédent, et il lui en saura mauvais gré. Nous-mêmes, qui conspirons aujourd'hui, nous serons suspects. On n'aime pas les conspirateurs dans les Cours. Ce que je vous en dis est pour vous épargner les déceptions amères. Vivre sans illusions, c'est le secret du bonheur. Pour moi, si mes services sont oubliés et méprisés, je ne m'en plaindrai pas. La politique n'est pas une affaire de sentiment. Et je sais trop à quoi Sa Majesté sera obligée, quand nous l'aurons fait remonter sur le trône de ses pères. Avant de récompenser les dévouements gratuits, un bon roi paye les services qu'on lui vend. N'en doutez point. Les plus grands honneurs et les emplois les plus fructueux seront pour les républicains. Les ralliés fourniront à eux seuls le tiers de notre personnel politique et passeront avant nous à la caisse. Et ce sera justice. Gromance, le vieux chouan rallié à la république de Méline, explique sa situation avec lucidité quand il nous dit : « Vous me faites perdre un siège au Sénat. Vous me devez un siège à la pairie. » Il l'aura. Et après tout il le mérite. Mais la part des ralliés sera petite à côté de celle des républicains fidèles qui n'auront trahi qu'à la minute suprême. C'est à ceux-là qu'iront les portefeuilles et les habits brodés, et les titres et les dotations. Nos premiers ministres et la moitié des pairs de France, savez-vous où ils sont pour le moment ? Ne les cherchez ni dans nos Comités, où nous risquons à toute heure de nous faire arrêter comme des filous, ni à la Cour errante de notre jeune et beau prince cruellement exilé. Vous les trouverez dans les antichambres des ministres radicaux et dans les salons de l'Élysée et à tous les guichets où la République paye. Vous n'avez donc jamais entendu parler de Talleyrand et de Fouché ? Vous n'avez donc jamais lu l'histoire, pas même dans les livres de monsieur Imbert de Saint-Amand ?... Ce n'est pas un émigré, c'est un régicide que Louis XVIII a nommé ministre de la Police en 1815. Notre jeune roi n'est pas, sans doute, aussi fin que Louis XVIII. Mais il ne faut pas le croire dénué d'intelligence. Ce ne serait pas respectueux et ce serait peut-être sévère. Quand il sera roi, il se rendra compte des nécessités de la situation. Tous les chefs du parti républicain qui ne seront point occis, exilés, déportés ou incorruptibles, il faudra les récompenser. Sans quoi, ce parti se reformera contre lui, vaste et puissant. Et Méline lui-même deviendra un adversaire farouche.

» Et puisque j'ai nommé Méline, dites vous-même, Brécé, ce qui serait le plus avantageux à la royauté, ou que le duc votre père présidât la pairie ou que ce fût Méline, duc de Remiremont, prince des Vosges, grand-croix de la Légion d'honneur et du Mérite agricole, chevalier du Lys et de Saint-Louis. Il n'y a pas d'hésitation possible : le duc Méline assurerait plus de partisans à la couronne que le duc de Brécé. Faut-il donc vous apprendre l'*a b c* des restaurations ?

» Nous n'aurons que les titres et les places dont les républicains ne voudront pas. On comptera sur notre dévouement gratuit. On ne craindra pas de nous mécontenter, dans l'assurance que nous serons des mécontents inoffensifs. On ne pensera jamais que nous puissions faire de l'opposition.

» Eh bien ! on se trompera. Nous serons obligés d'en faire, et nous en ferons. Ce sera profitable et ce ne sera pas difficile. Sans doute nous ne nous allierons pas aux républicains : ce serait un manque de goût, et le loyalisme nous le défend. Nous ne pourrons pas être moins royalistes que le Roi, mais nous pourrons l'être plus. Monseigneur le duc d'Orléans n'est pas démocrate, c'est une justice à lui rendre. Il ne s'occupe pas de la condition des ouvriers. Il est d'avant la Révolution : Mais enfin, il a beau dîner en culotte avec un gilet breton, et tous ses ordres au cou, quand il aura des ministres libéraux, il sera libéral. Rien ne nous empêche alors d'être des ultras. Nous tirerons à droite, pendant que les républicains tireront à gauche. Nous serons dangereux et l'on nous traitera favorablement. Et qui dit que cette fois ce ne seront pas les ultras qui sauveront la monarchie ? Nous avons déjà une armée introuvable. L'armée est aujourd'hui plus religieuse que le clergé. Nous avons une bourgeoisie introuvable, une bourgeoisie antisémite qui pense comme on pensait au Moyen Âge. Louis XVIII n'en avait pas tant. Qu'on me donne le portefeuille de l'Intérieur, et, avec ces excellents éléments, je me charge de faire durer la monarchie absolue une dizaine d'années. Après quoi ce sera la sociale. Mais dix ans, c'est un joli bail.

Ayant ainsi parlé, Henri Léon alluma un cigare. Joseph Lacrisse, qui suivait son idée, pria Henri de Brécé de voir s'il ne restait pas une bonne préfecture. Mais le président répéta qu'il n'avait plus que Guéret et Draguignan.

— Je retiens Draguignan pour Gustave Dellion, dit Lacrisse en soupirant. Il ne sera pas content. Mais je lui ferai comprendre que c'est le pied à l'étrier.

16

LA baronne de Bonmont avait invité tous les châtelains titrés et tous les châtelains industriels et financiers de la région à une fête de charité qu'elle devait donner le 29 du mois dans cet illustre château de Montil, que Bernard de Paves, grand maître de l'artillerie sous Louis XII, avait fait construire en 1508 pour Nicolette de Vaucelles, sa quatrième femme, et que le baron Jules avait acheté après l'emprunt français de 1871. Elle avait eu la délicatesse de n'envoyer aucune invitation aux châteaux juifs, bien qu'elle y eût des amis et des parents. Baptisée après la mort de son mari et naturalisée depuis cinq ans déjà, elle était toute dévouée à la religion et à la patrie. Ainsi que son frère Wallstein, de Vienne, elle se distinguait honorablement de ses anciens coreligionnaires par un antisémitisme sincère. Cependant elle n'était point ambitieuse, et son inclination naturelle la portait aux joies intimes. Elle se serait contentée d'un état modeste dans la noblesse chrétienne, si son fils ne l'avait obligée à paraître. C'est le petit baron Ernest qui l'avait poussée chez les Brécé. C'est lui qui avait mis tout l'armorial de la province sur la liste des invités à la fête qu'on préparait. C'est lui qui avait amené à Montil, jouer la comédie, la petite duchesse de Mausac, qui se disait d'assez bonne maison pour pouvoir souper chez des écuyères et boire avec des cochers.

Le programme de la fête comportait une représentation de *Joconde* par des acteurs mondains, une kermesse dans le parc, une fête vénitienne sur l'étang, des illuminations.

C'était déjà le 17. Les préparatifs se faisaient avec une grande hâte, dans une extrême confusion. La petite troupe répétait la pièce dans la longue galerie Renaissance, sous le plafond dont les caissons portaient avec une ingénieuse variété d'arrangements le paon de Bernard de Paves lié par la patte au luth de Nicolette de Vaucelles.

M. Germaine accompagnait au piano les chanteurs, tandis que, dans le parc, les charpentiers assujettissaient à grands coups de maillet les fermes des baraques. Largillière, de l'Opéra-Comique, mettait en scène.

— A vous, duchesse.

Les doigts de M. Germaine, dépouillés de leurs bagues, hors une qui restait au pouce, descendirent sur le clavier,

— La, la...

Mais la duchesse, prenant le verre que lui tendait le petit Bonmont :

— Laissez-moi boire mon cocktail.

Lorsque ce fut fait, Largillière reprit :

— Allons, duchesse !

Tout me seconde,
Je l'ai prévu...

Et les doigts de M. Germaine, sans or ni pierreries, hors une améthyste au pouce, descendirent de nouveau sur le clavier. Mais la duchesse ne chanta pas. Elle regardait l'accompagnateur avec intérêt :

— Mon petit Germaine, je vous admire. Vous vous êtes fait de la poitrine et des hanches ! Mes compliments ! Vous y êtes arrivé, vrai !... Tandis que moi, regardez !

Elle coula de haut en bas ses mains sur son costume de drap :

— Moi, j'ai tout ôté.

Elle fit demi-tour.

— Plus rien ! C'est parti. Et pendant ce temps-là, ça vous est venu, à vous. C'est drôle tout de même !... Oh ! il n'y a pas de mal. Ça se compense.

Cependant René Chartier, qui jouait Joconde, se tenait immobile, le cou allongé comme un tuyau, soucieux uniquement du velours et des perles de sa voix, grave et même un peu sombre. Il s'impatienta et dit sèchement :

— Nous ne serons jamais prêts. C'est déplorable !

— Reprenons le quatuor et enchaînons, dit Largillière.

Tout me seconde,
Je l'ai prévu ;
Pauvre Joconde !
Il est vaincu.

— Passez, monsieur Quatrebarbe.

M. Gérard Quatrebarbe était le fils de l'architecte diocésain. On le recevait dans le monde depuis qu'il avait cassé les carreaux du bottier Meyer, présumé juif. Il avait une jolie voix. Mais il manquait ses entrées. Et René Chartier lui jetait des regards furieux.

— Vous n'êtes pas à votre place, duchesse, dit Largillière.

— Ah ! pour ça non, répondit la duchesse.

Amer, René Chartier s'approcha du petit Bonmont et lui dit à l'oreille :

— Je vous en prie, ne donnez plus de cocktails à la duchesse. Elle fera tout manquer.

Largillière se plaignait aussi. Les masses chorales étaient confuses et ne se dessinaient pas. Pourtant on avait attaqué le « trois ».

— Monsieur Lacrisse, vous n'êtes pas en place.

Joseph Lacrisse n'était pas en place. Et il convient de dire que ce n'était pas de sa faute. Madame de

Bonmont l'attirait sans cesse dans les petits coins et lui murmurait :

— Dites-moi que vous m'aimez toujours. Si vous ne m'aimiez plus, je sens que j'en mourrais.

Elle lui demandait aussi des nouvelles du complot. Et comme le complot tournait mal, il était agacé. D'ailleurs, il lui gardait rancune de ce qu'elle n'avait pas donné d'argent pour la cause. Il alla d'un pas très roide se joindre aux masses chorales, tandis que René Chartier, avec conviction, chantait :

Dans un délire extrême,
On veut fuir ce qu'on aime.

Le petit Bonmont s'approcha de sa mère :

— Maman, méfie-toi de Lacrisse.

Elle fit un brusque mouvement. Puis d'un ton de négligence affectée :

— Que veux-tu dire ?... Il est très sérieux, plus sérieux qu'on n'est ordinairement à son âge ; il est occupé de choses importantes ; il...

Le petit baron haussa ses épaules d'athlète bossu.

— Je te dis : méfie-toi. Il veut te taper de cent mille francs. Il m'a demandé de l'aider à t'extirper le chèque. Mais jusqu'à nouvel ordre je ne vois pas que ce soit nécessaire. Je suis pour le Roi, mais cent mille francs, c'est une somme !

René Chartier chantait :

On devient infidèle,
On court de belle en belle.

Un domestique apporta une lettre à la baronne. C'était les Brécé qui, forcés de partir avant le 29, s'excusaient de ne pouvoir se rendre à la fête de charité et envoyaient leur obole.

Elle tendit la lettre à son fils qui eut un mauvais sourire et demanda :

— Et les Courtrai ?

— Ils se sont excusés hier, ainsi que la générale Cartier de Chalmot.

— Quelles rosses !

— Nous aurons les Terremondre et les Gromance.

— Parbleu ! c'est leur métier de venir chez nous.

Ils examinèrent la situation. Elle était mauvaise. Terremondre n'avait pas, comme à son ordinaire, promis de rabattre ses cousines et ses tantes, toute la nichée des petits hobereaux. La grosse bourgeoisie industrielle elle-même semblait hésitante, cherchait des prétextes pour se dérober. Le petit Bonmont conclut :

— Fichue, maman, ta fête ! Nous sommes en quarantaine. Il n'y a pas d'erreur.

A ces mots la douce Élisabeth s'affligea. Son beau visage, éternellement noyé dans un sourire d'amante, s'assombrit.

A l'autre bout de la salle montait, au-dessus des bruits sans nombre, la voix de Largillière :

— Ce n'est pas ça !... Nous ne serons jamais prêts.

— Tu entends, dit la baronne. Il dit que nous ne serons pas prêts. Si nous remettions la fête, puisqu'elle ne doit pas réussir ?

— Ce que tu es molle, maman !... Je te le reproche pas. C'est dans ta nature. Tu es myosotis, tu le seras toujours. Moi, je suis taillé pour la lutte. Je suis fort. Je suis crevé, mais...

— Mon enfant...

— T'attendris pas. Je suis crevé, mais je lutterai jusqu'au bout.

La voix de René Chartier jaillissait comme une source pure :

On pense, on pense encore
A celle qu'on adore,
Et l'on revient toujours
A ses premières a...

Soudain l'accompagnement cessa et il se fit un grand tumulte. M. Germaine poursuivait la duchesse qui, ayant pris sur le piano les bagues de l'accompagnateur, fuyait avec. Elle se réfugia dans la cheminée monumentale où, sur l'ardoise angevine, étaient sculptées les amours des nymphes et les métamorphoses des dieux. Et là, montrant une petite poche de son corsage :

— Elles sont là vos bagues, ma vieille Germaine. Venez les chercher. Tenez !... voilà, pour les prendre, les pincettes de Louis XIII.

Et elle faisait sonner sous le nez du musicien une paire d'énormes pincettes.

René Chartier, roulant des yeux farouches, jeta sa partition sur le piano et déclara qu'il rendait son rôle.

— Je ne crois pas non plus que les Luzancourt viennent, dit en soupirant la baronne à son fils.

— Tout n'est pas perdu. J'ai mon idée, dit le petit baron. Il faut savoir faire un sacrifice quand c'est utile. Ne dis rien à Lacrisse.

— Ne rien dire à Lacrisse !

— Rien de sérieux... Et laisse-moi faire.

Il la quitta et s'approcha du groupe tumultueux des choristes. A la duchesse qui lui demandait un autre cocktail, il répondit très doucement :

— Fichez-moi la paix.

Puis il alla s'asseoir auprès de Joseph Lacrisse qui méditait à l'écart, et il lui parla quelque temps à voix basse. Il avait l'air grave et convaincu.

— C'est bien vrai, disait-il au secrétaire du Comité de la Jeunesse royaliste. Vous avez raison. Il faut renverser la République et sauver la France. Et pour cela il faut de l'argent. Ma mère est aussi de cet avis. Elle est disposée à verser un acompte de cinquante mille francs dans la caisse du Roi, pour les frais de propagande.

Joseph Lacrisse remercia au nom du Roi.

— Monseigneur sera heureux, dit-il, d'apprendre que votre mère joint son offrande patriotique à celle des trois dames françaises qui se montrèrent d'une générosité chevaleresque. Soyez sûr, ajouta-t-il, qu'il témoignera sa gratitude par une lettre autographe.

— Pas la peine d'en parler, dit le jeune Bonmont.
Et après un court silence :
— Mon cher Lacrisse, quand vous verrez les Brécé et les Courtrai, dites-leur de venir à notre petite fête.

17

C'ÉTAIT le premier jour de l'an. Par les rues blondes d'une boue fraîche, entre deux averses, M. Bergeret et sa fille Pauline allaient porter leurs souhaits à une tante maternelle qui vivait encore, mais pour elle seule et peu, et qui habitait dans la rue Rousselet un petit logis de béguine, sur un potager, dans le son des cloches conventuelles. Pauline était joyeuse sans raison et seulement parce que ces jours de fête, qui marquent le cours du temps, lui rendaient plus sensibles les progrès charmants de sa jeunesse.

M. Bergeret gardait, en ce jour solennel, son indulgence coutumière, n'attendant plus grand bien des hommes et de la vie, mais sachant, comme M. Fagon, qu'il faut beaucoup pardonner à la nature. Le long des voies, les mendiants, dressés comme des candélabres ou étalés comme des reposoirs, faisaient l'ornement de cette fête sociale. Ils étaient tous venus parer les quartiers bourgeois, nos pauvres, truands, cagoux, piètres et malingreux, callots et sabouleux, francs-mitoux, drilles, courtauts de boutanche. Mais, subissant l'effacement universel des caractères et se conformant à la médiocrité générale des mœurs, ils n'étalaient pas, comme aux âges du grand Coësre, des difformités horribles et des plaies épouvantables. Ils n'entouraient point de linges sanglants leurs membres mutilés. Ils étaient simples, ils n'affectaient que des infirmités supportables. L'un d'eux suivit assez longtemps M. Bergeret en clochant du pied, et toutefois d'un pas agile. Puis il s'arrêta et se remit en lampadaire au bord du trottoir.

Après quoi M. Bergeret dit à sa fille :

— Je viens de commettre une mauvaise action : je viens de faire l'aumône. En donnant deux sous à Clopinel, j'ai goûté la joie honteuse d'humilier mon semblable, j'ai consenti le pacte odieux qui assure au fort sa puissance et au faible sa faiblesse, j'ai scellé de mon sceau l'antique iniquité, j'ai contribué à ce que cet homme n'eût qu'une moitié d'âme.

— Tu as fait tout cela, papa? demanda Pauline incrédule.

— Presque tout cela, répondit M. Bergeret. J'ai vendu à mon frère Clopinel de la fraternité à faux poids. Je me suis humilié en l'humiliant. Car l'aumône avilit également celui qui la reçoit et celui qui la fait. J'ai mal agi.

— Je ne crois pas, dit Pauline.

— Tu ne le crois pas, répondit M. Bergeret, parce que tu n'as pas de philosophie et que tu ne sais pas tirer d'une action innocente en apparence les conséquences infinies qu'elle porte en elle. Ce Clopinel m'a induit en aumône. Je n'ai pu résister à l'importunité de sa voix de complainte. J'ai plaint son maigre cou sans linge, ses genoux que le pantalon, tendu par un trop long usage, rend tristement pareils aux genoux d'un chameau, ses pieds au bout desquels les souliers vont le bec ouvert comme un couple de canards. Séducteur! O dangereux Clopinel! Clopinel délicieux! Par toi, mon sou produit un peu de bassesse, un peu de honte. Par toi, j'ai constitué avec un sou une parcelle de mal et de laideur. En te communiquant ce petit signe de la richesse et de la puissance je t'ai fait capitaliste avec ironie et convié sans honneur au banquet de la société, aux fêtes de la civilisation. Et aussitôt j'ai senti que j'étais un puissant de ce monde, au regard de toi, un riche près de toi, doux Clopinel, mendigot exquis, flatteur! Je me suis réjoui, je me suis enorgueilli, je me suis complu dans mon opulence et ma grandeur. Vis, ô Clopinel ! *Pulcher hymnus divitiarum pauper immortalis.*

» Exécrable pratique de l'aumône ! Pitié barbare de l'élémosyne ! Antique erreur du bourgeois qui donne un sou et qui pense faire le bien, et qui se croit quitte envers tous ses frères, par le plus misérable, le plus gauche, le plus ridicule, le plus sot, le plus pauvre acte de tous ceux qui peuvent être accomplis en vue d'une meilleure répartition des richesses. Cette coutume de faire l'aumône est contraire à la bienfaisance et en horreur à la charité.

— C'est vrai ? demanda Pauline avec bonne volonté.

— L'aumône, poursuivit M. Bergeret, n'est pas plus comparable à la bienfaisance que la grimace d'un singe ne ressemble au sourire de la Joconde. La bienfaisance est ingénieuse autant que l'aumône est inepte. Elle est vigilante, elle proportionne son effort au besoin. C'est précisément ce que je n'ai point fait à l'endroit de mon frère Clopinel. Le nom seul de bienfaisance éveillait les plus douces idées dans les âmes sensibles, au siècle des philosophes. On croyait que ce nom avait été créé par le bon abbé de Saint-Pierre. Mais il est plus ancien et se trouve déjà dans le vieux Balzac. Au XVIe siècle, on disait *bénéficence.* C'est le même mot. J'avoue que je ne retrouve pas à ce mot de bienfaisance sa beauté première ; il m'a été gâté par les pharisiens qui l'ont trop employé. Nous avons dans notre société beaucoup d'établissements de bienfaisance, monts-de-piété, sociétés de prévoyance, d'assurance mutuelle. Quelques-uns sont utiles et rendent des services. Leur vice commun est de procéder de l'iniquité sociale qu'ils sont destinés à corriger, et d'être des médecines contaminées. La bienfaisance universelle, c'est que chacun vive de son travail et non du travail d'autrui. Hors l'échange et la solidarité tout est vil, honteux, infécond. La charité humaine, c'est le concours de tous dans la production et le partage des fruits.

» Elle est justice ; elle est amour, et les pauvres y

sont plus habiles que les riches. Quels riches exercèrent jamais aussi pleinement qu'Épictète ou que Benoît Malon la charité du genre humain ? La charité véritable, c'est le don des œuvres de chacun à tous, c'est la belle bonté, c'est le geste harmonieux de l'âme qui se penche comme un vase plein de nard précieux et qui se répand en bienfaits ; c'est Michel-Ange peignant la chapelle Sixtine ou les députés à l'Assemblée nationale dans la nuit du 4 août ; c'est le don répandu dans sa plénitude heureuse, l'argent coulant pêle-mêle avec l'amour et la pensée. Nous n'avons rien en propre que nous-mêmes. On ne donne vraiment que quand on donne son travail, son âme, son génie. Et cette offrande magnifique de tout soi à tous les hommes enrichit le donateur autant que la communauté.

— Mais, objecta Pauline, tu ne pouvais pas donner de l'amour et de la beauté à Clopinel. Tu lui as donné ce qui lui était le plus convenable.

— Il est vrai que Clopinel est devenu une brute. De tous les biens qui peuvent flatter un homme, il ne goûte que l'alcool. J'en juge à ce qu'il puait l'eau-de-vie, quand il m'approcha. Mais tel qu'il est, il est notre ouvrage. Notre orgueil fut son père ; notre iniquité, sa mère. Il est le fruit mauvais de nos vices. Tout homme en société doit donner et recevoir. Celui-ci n'a pas assez donné sans doute parce qu'il n'a pas assez reçu.

— C'est peut-être un paresseux, dit Pauline. Comment ferons-nous, mon Dieu, pour qu'il n'y ait plus de pauvres, plus de faibles ni de paresseux ? Est-ce que tu ne crois pas que les hommes sont bons naturellement et que c'est la société qui les rend méchants ?

— Non. Je ne crois pas que les hommes soient bons naturellement, répondit M. Bergeret. Je vois plutôt qu'ils sortent péniblement et peu à peu de la barbarie originelle et qu'ils organisent à grand effort une justice incertaine et une bonté précaire. Le temps est loin encore où ils seront doux et bienveillants les uns pour les autres. Le temps est loin où ils ne feront plus la guerre entre eux et où les tableaux qui représentent des batailles seront cachés aux yeux comme immoraux et offrant un spectacle honteux. Je crois que le règne de la violence durera longtemps encore, que longtemps les peuples s'entre-déchireront pour des raisons frivoles, que longtemps les citoyens d'une même nation s'arracheront furieusement les uns aux autres les biens nécessaires à la vie, au lieu d'en faire un partage équitable. Mais je crois aussi que les hommes sont moins féroces quand ils sont moins misérables, que les progrès de l'industrie déterminent à la longue quelque adoucissement dans les mœurs, et je tiens d'un botaniste que l'aubépine transportée d'un terrain sec en un sol gras y change ses épines en fleurs.

— Vois-tu ? tu es optimiste, papa ! Je le savais bien, s'écria Pauline en s'arrêtant au milieu du trottoir pour fixer un moment sur son père le regard de ses yeux gris d'aube, pleins de lumière douce et de fraîcheur matinale. Tu es optimiste. Tu travailles de bon cœur à bâtir la maison future. C'est bien cela ! C'est beau de construire avec les hommes de bonne volonté la république nouvelle.

M. Bergeret sourit à cette parole d'espoir et à ces yeux d'aurore.

— Oui, dit-il, ce serait beau d'établir la société nouvelle, où chacun recevrait le prix de son travail.

— N'est-ce pas que cela sera ?... Mais quand ? demanda Pauline avec candeur.

Et M. Bergeret répondit, non sans douceur ni tristesse.

— Ne me demande pas de prophétiser, mon enfant. Ce n'est pas sans raison que les anciens ont considéré le pouvoir de percer l'avenir comme le don le plus funeste que puisse recevoir un homme. S'il nous était possible de voir ce qui viendra, nous n'aurions plus qu'à mourir et peut-être tomberions-nous foudroyés de douleur ou d'épouvante. L'avenir, il y faut travailler comme les tisseurs de haute lice travaillent à leurs tapisseries, sans le voir.

Ainsi conversaient en cheminant le père et la fille.

Devant le square de la rue de Sèvres, ils rencontrèrent un mendigot solidement implanté sur le trottoir.

— Je n'ai plus de monnaie, dit M. Bergeret. As-tu une pièce de dix sous à me donner, Pauline ? Cette main tendue me barre la rue. Nous serions sur la place de la Concorde, qu'elle me barrerait la place. Le bras allongé d'un misérable est une barrière que je ne saurais franchir. C'est une faiblesse que je ne puis vaincre. Donne à ce truand. C'est pardonnable. Il ne faut pas s'exagérer le mal qu'on fait.

— Papa, je suis inquiète de savoir ce que tu feras de Clopinel, dans ta république. Car tu ne penses pas qu'il vive des fruits de son travail ?

— Ma fille, répondit M. Bergeret, je crois qu'il consentira à disparaître. Il est déjà très diminué. La paresse, le goût du repos le dispose à l'évanouissement final. Il rentrera dans le néant avec facilité.

— Je crois au contraire qu'il est très content de vivre.

— Il est vrai qu'il a des joies. Il lui est délicieux sans doute d'avaler le vitriol de l'assommoir. Il disparaîtra avec le dernier mastroquet. Il n'y aura plus de marchands de vin dans ma république. Il n'y aura plus d'acheteurs ni de vendeurs. Il n'y aura plus de riches ni de pauvres. Et chacun jouira du fruit de son travail.

— Nous serons tous heureux, mon père.

— Non. La sainte pitié, qui fait la beauté des âmes, périrait en même temps que périrait la souffrance. Cela ne sera pas. Le mal moral et le mal physique, sans cesse combattus, partageront sans cesse avec le bonheur et la joie l'empire de la terre, comme les nuits y succéderont aux jours. Le mal est nécessaire. Il a comme le bien sa source profonde dans la nature et l'un ne saurait être tari sans l'autre. Nous ne sommes heureux que parce que nous sommes malheureux. La souffrance est sœur de la joie et leurs haleines jumelles, en passant sur nos cordes, les font résonner harmonieusement. Le souffle seul du bonheur rendrait un son monotone et fastidieux, et pareil au silence. Mais aux maux inévitables, à ces maux à la fois vulgaires et augustes qui résultent de la condition humaine ne s'ajouteront plus les maux artificiels qui résultent de notre condition sociale. Les hommes ne seront plus déformés par un travail inique dont ils meurent plutôt qu'ils n'en vivent. L'esclave sortira de l'ergastule et l'usine ne dévorera plus les corps par millions.

» Cette délivrance, je l'attends de la machine elle-même. La machine qui a broyé tant d'hommes viendra en aide doucement, généreusement à la tendre chair humaine. La machine, d'abord cruelle et dure, deviendra bonne, favorable, amie. Comment changera-t-elle d'âme ? Écoute. L'étincelle qui jaillit de la bouteille de Leyde, la petite étoile subtile qui se révéla, dans le siècle dernier, au physicien émerveillé, accomplira ce prodige. L'Inconnue qui s'est laissé vaincre sans se laisser connaître, la force mystérieuse et captive, l'insaisissable saisi par nos mains, la foudre docile, mise en bouteille et dévidée sur les innombrables fils qui couvrent la terre de leur réseau, l'électricité portera sa force, son aide, partout où il faudra, dans les maisons, dans les chambres, au foyer où le père et la mère et les enfants ne seront plus séparés. Ce n'est point un rêve. La machine farouche, qui broie dans l'usine les chairs et les âmes, deviendra domestique, intime et familière. Mais ce n'est rien, non, ce n'est rien que les poulies, les engrenages, les bielles, les manivelles, les glissières, les volants s'humanisent, si les hommes gardent un cœur de fer.

» Nous attendons, nous appelons un changement plus merveilleux encore. Un jour viendra où le patron, s'élevant en beauté morale, deviendra un ouvrier parmi les ouvriers affranchis, où il n'y aura plus de salaire, mais échange de biens. La haute industrie, comme la vieille noblesse qu'elle remplace et qu'elle imite, fera sa nuit du 4 août. Elle abandonnera des gains disputés et des privilèges menacés. Elle sera généreuse quand elle sentira qu'il est temps de l'être. Et que dit aujourd'hui le patron ? Qu'il est l'âme et la pensée, et que sans lui son armée d'ouvriers serait comme un corps privé d'intelligence. Eh bien ! s'il est la pensée, qu'il se contente de cet honneur et de cette joie. Faut-il, parce qu'on est pensée et esprit, qu'on se gorge de richesse ? Quand le grand Donatello fondait avec ses compagnons une statue de bronze, il était l'âme de l'œuvre. Le prix qu'il en recevait du prince ou des citoyens, il le mettait dans un panier qu'on hissait par une poulie à une poutre de l'atelier. Chaque compagnon dénouait la corde à son tour et prenait dans le panier selon ses besoins. N'est-ce point assez de la joie de produire par l'intelligence, et cet avantage dispense-t-il le maître-ouvrier de partager le gain avec ses humbles collaborateurs ? Mais dans ma république il n'y aura plus de gains ni de salaires et tout sera à tous.

— Papa, c'est le collectivisme, cela, dit Pauline avec tranquillité.

— Les biens les plus précieux, répondit M. Bergeret, sont communs à tous les hommes, et le furent toujours. L'air et la lumière appartiennent en commun à tout ce qui respire et voit la clarté du jour. Après les travaux séculaires de l'égoïsme et de l'avarice, en dépit des efforts violents des individus pour saisir et garder des trésors, les biens individuels dont jouissent les plus riches d'entre nous sont encore peu de chose en comparaison de ceux qui appartiennent indistinctement à tous les hommes. Et dans notre société même ne vois-tu pas que les biens les plus doux ou les plus splendides, routes, fleuves, forêts autrefois royales, bibliothèques, musées, appartiennent à tous ? Aucun riche ne possède plus que moi ce vieux chêne de Fontainebleau ou ce tableau du Louvre. Et ils sont plus à moi qu'au riche si je sais mieux en jouir. La propriété collective, qu'on redoute comme un monstre lointain, nous entoure déjà sous mille formes familières. Elle effraye quand on l'annonce et l'on use déjà des avantages qu'elle procure.

» Les positivistes qui s'assemblent dans la maison d'Auguste Comte autour du vénéré monsieur Pierre Laffitte ne sont point pressés de devenir socialistes.

Mais l'un d'eux a fait cette remarque judicieuse que la propriété est de source sociale. Et rien n'est plus vrai, puisque toute propriété, acquise par un effort individuel, n'a pu naître et subsister que par le concours de la communauté tout entière. Et puisque la propriété privée est de source sociale, ce n'est point en méconnaître l'origine ni en corrompre l'essence que de l'étendre à la communauté et la commettre à l'État dont elle dépend nécessairement. Et qu'est-ce que l'État ?...

Mademoiselle Bergeret s'empressa de répondre à cette question :

— L'État, mon père, c'est un monsieur piteux et malgracieux assis derrière un guichet. Tu comprends qu'on n'a pas envie de se dépouiller pour lui.

— Je comprends, répondit M. Bergeret en souriant. Je me suis toujours incliné à comprendre, et j'y ai perdu des énergies précieuses. Je découvre sur le tard que c'est une grande force que de ne pas comprendre. Cela permet parfois de conquérir le monde. Si Napoléon avait été aussi intelligent que Spinoza, il aurait écrit quatre volumes dans une mansarde. Je comprends. Mais ce monsieur malgracieux et piteux qui est assis derrière un guichet, tu lui confies tes lettres, Pauline, que tu ne confierais pas à l'agence Tricoche. Il administre une partie de tes biens, et non la moins vaste, ni la moins précieuse. Tu lui vois un visage morose. Mais quand il sera tout il ne sera plus rien. Ou plutôt il ne sera plus que nous. Anéanti par son universalité, il cessera de paraître tracassier. On n'est plus méchant, ma fille, quand on n'est plus personne. Ce qu'il a de déplaisant à l'heure qu'il est, c'est qu'il rogne sur la propriété individuelle, qu'il va grattant et limant, mordant peu sur les gros et beaucoup sur les maigres. Cela le rend insupportable. Il est avide. Il a des besoins. Dans ma république, il sera sans désirs, comme les dieux. Il aura tout et il n'aura rien. Nous ne le sentirons pas, puisqu'il sera conforme à nous, indistinct de nous. Il sera comme s'il n'était pas. Et quand tu crois que je sacrifie les particuliers à l'État, la vie à une abstraction, c'est au contraire l'abstraction que je subordonne à la réalité, l'État que je supprime en l'identifiant à toute l'activité sociale.

» Si même cette république ne devait jamais exister je me féliciterais d'en avoir caressé l'idée. Il est permis de bâtir en Utopie. Et Auguste Comte lui-même, qui se flattait de ne construire que sur les données de la science positive, a placé Campanella dans le calendrier des grands hommes.

» Les rêves des philosophes ont de tout temps suscité des hommes d'action qui se sont mis à l'œuvre pour les réaliser. Notre pensée crée l'avenir. Les hommes d'État travaillent sur les plans que nous laissons après notre mort. Ce sont nos maçons et nos goujats. Non, ma fille, je ne bâtis pas en Utopie. Mon songe, qui ne m'appartient nullement et qui est, en ce moment même, le songe de mille et mille âmes, est véritable et prophétique. Toute société dont les organes ne correspondent plus aux fonctions pour lesquelles ils ont été créés, et dont les membres ne sont point nourris en raison du travail utile qu'ils produisent, meurt. Des troubles profonds, des désordres intimes précèdent sa fin et l'annoncent.

» La société féodale était fortement constituée. Quand le clergé cessa d'y représenter le savoir, et la noblesse, d'y défendre par l'épée le laboureur et l'artisan, quand ces deux ordres ne furent plus que des membres gonflés et nuisibles, tout le corps périt ; une révolution imprévue et nécessaire emporta le malade. Qui soutiendrait que, dans la société actuelle, les organes correspondent aux fonctions et que tous les membres sont nourris en raison du travail utile qu'ils produisent ? Qui soutiendrait que la richesse est justement répartie ? Qui peut croire enfin à la durée de l'iniquité ?

— Et comment la faire cesser, mon père ? Comment changer le monde ?

— Par la parole, mon enfant. Rien n'est plus puissant que la parole. L'enchaînement des fortes raisons et des hautes pensées est un lien qu'on ne peut rompre. La parole, comme la fronde de David, abat les violents et fait tomber les forts. C'est l'arme invincible. Sans cela le monde appartiendrait aux brutes armées. Qui donc les tient en respect? Seule, sans armes et nue, la pensée.

» Je ne verrai pas la cité nouvelle. Tous les changements dans l'ordre social comme dans l'ordre naturel sont lents et presque insensibles. Un géologue d'un esprit profond, Charles Lyell, a démontré que ces traces effrayantes de la période glaciaire, ces rochers énormes traînés dans les vallées, cette flore des froides contrées et ces animaux velus succédant à la faune et à la flore des pays chauds, ces apparences de cataclysmes sont, en réalité, l'effet d'actions multiples et prolongées, et que ces grands changements, produits avec la lenteur clémente des forces naturelles, ne furent pas même soupçonnés par les innombrables générations des êtres animés qui y assistèrent. Les transformations sociales s'opèrent, de même, insensiblement et sans cesse. L'homme timide redoute, comme un cataclysme futur, un changement commencé avant sa naissance, qui s'opère sous ses yeux, sans qu'il le voie, et qui ne deviendra sensible que dans un siècle. »

18

M. FÉLIX Panneton montait à pied lentement l'avenue des Champs-Élysées. En s'acheminant vers l'Arc de Triomphe, il calculait les chances de sa candidature au Sénat. Elle n'était point encore posée. Et M. Panneton songeait comme Bonaparte : « Agir, calculer, agir... » Deux listes étaient déjà offertes aux électeurs dans le département. Les quatre sénateurs sortants : Laprat-Teulet, Goby, Mannequin et Ledru, se représentaient. Les nationalistes portaient le comte de Brécé, le colonel Despautères, M. Lerond, ancien magistrat, et le boucher Lafolie.

Il était difficile de savoir laquelle des deux listes l'emporterait. Les sénateurs sortants se recommandaient aux paisibles populations du département par un long usage du pouvoir législatif, et comme gardiens de ces traditions tout ensemble libérales et autoritaires qui remontaient à la fondation de la République et se rattachaient au nom légendaire de Gambetta. Ils se recommandaient par les services rendus avec discernement et par des promesses abondantes. Ils avaient une clientèle nombreuse et disciplinée. Ces hommes publics, contemporains des grandes époques, demeuraient fidèles à leur doctrine avec une fermeté qui embellissait les sacrifices qu'ils faisaient aux exigences de l'opinion, sous l'empire des circonstances. Antiques opportunistes, ils se nommaient radicaux. Lors de l'Affaire, ils avaient tous quatre témoigné de leur profond respect pour les Conseils de guerre, et chez l'un d'eux ce respect était mêlé d'attendrissement. L'ancien avoué Goby ne parlait qu'avec des larmes de la justice militaire. L'ancêtre, le républicain des âges héroïques, l'homme des grandes luttes, Laprat-Teulet, s'exprimait sur l'armée nationale en termes si tendres et si émus qu'on eût estimé, dans d'autres temps, qu'un tel langage s'appliquait mieux à une pauvre orpheline qu'à une institution forte de tant d'hommes et de tant de milliards. Ces quatre sénateurs avaient voté la loi de dessaisissement et exprimé, au Conseil général, le vœu que le gouvernement prît des mesures rigoureuses pour arrêter l'agitation révisionniste. C'étaient les dreyfusards du département. Et, comme il n'y en avait pas d'autres, ils étaient furieusement combattus par les nationalistes. On faisait un grief à Mannequin d'être le beau-frère d'un conseiller à la Cour de cassation. Quant à Laprat-Teulet, tête de liste, il recevait des injures et des crachats dont la liste entière était éclaboussée. C'était un non-lieu, et il est vrai qu'il avait fait des affaires. On rappelait le temps où, compromis dans le Panama, sous la menace d'un mandat d'arrêt, il laissait croître une barbe blanche qui le rendait vénérable et se faisait rouler dans une petite voiture par sa pieuse femme et par sa fille, habillée comme une béguine. Il passait chaque jour, dans ce cortège d'humilité et de sainteté, sous les ormes du mail, et se faisait mettre au soleil, pauvre paralytique qui du bout de sa canne traçait des raies dans la poussière, tandis que d'un esprit retors il préparait sa défense. Un non-lieu la rendit inutile. Il s'était redressé depuis. Mais la fureur nationaliste s'acharna contre lui ! Il était panamiste, on le fit dreyfusard. « Cet homme, se disait Ledru, va couler la liste. » Il fit part de ses inquiétudes à Worms-Clavelin :

— Ne pourrait-on, monsieur le préfet, faire comprendre à Laprat-Teulet, qui a rendu de signalés services à la République et au pays, que l'heure a sonné pour lui de rentrer dans la vie privée ?

Le préfet répondit qu'il fallait y regarder à deux fois avant de décapiter la liste républicaine.

Cependant le journal *la Croix,* introduit dans le département par madame Worms-Clavelin, faisait une campagne atroce contre les sénateurs sortants. Il soutenait la liste nationaliste, qui était habilement formée. M. de Brécé ralliait les royalistes, assez nombreux dans le département. M. Lerond, ancien magistrat, avocat des congrégations, était agréable au clergé ; le colonel Despautères, obscur vieillard en soi, représentait l'honneur de l'armée : il avait donné des louanges aux faussaires et souscrit pour la veuve du colonel Henry. Le boucher Lafolie plaisait aux ouvriers à demi paysans des faubourgs. On commençait à croire que la liste Brécé obtiendrait plus de deux cents voix et qu'elle pourrait passer. M. Worms-Clavelin n'était pas tranquille. Il fut tout à fait inquiet quand *la Croix* publia le manifeste des candidats nationalistes. Le Président de la République y était outragé, le Sénat traité de basse-cour et de porcherie, le cabinet qualifié de ministère de trahison. Si ces gens-là passent, je saute, pensa le préfet. Et il dit doucement à sa femme :

— Tu as eu tort, ma chère amie, de favoriser la diffusion de *la Croix* dans le département.

A quoi madame Worms-Clavelin répondit :

— Qu'est-ce que tu veux? Comme juive, j'étais obligée d'exagérer les sentiments catholiques, cela nous a beaucoup servi jusqu'ici.

— Sans doute, répliqua le préfet. Mais nous sommes peut-être allés un peu loin.

Le secrétaire de préfecture, M. Lacarelle, que sa ressemblance notoire avec Vercingétorix disposait au nationalisme, faisait des pointages favorables à la liste Brécé. M. Worms-Clavelin, plongé dans de sombres rêveries, oubliait ses cigares, mâchés et fumants, sur les bras des fauteuils.

C'est alors que M. Félix Panneton alla le trouver.

M. Félix Panneton, frère cadet de Panneton de La Barge, était dans les fournitures militaires. On ne pouvait le soupçonner de ne point aimer assez cette armée qu'il chaussait et coiffait. Il était nationaliste. Mais il était nationaliste gouvernemental. Il était nationaliste avec M. Loubet et avec M. Waldeck-Rousseau. Il ne s'en cachait pas, et quand on lui disait que c'était impossible, il répondait :

— Ce n'est pas impossible ; ce n'est pas difficile. Il fallait seulement en avoir l'idée.

Panneton nationaliste restait gouvernemental. « Il est toujours temps de ne plus l'être, pensait-il ; et tous ceux qui se sont brouillés trop tôt avec le gouvernement ont eu à le regretter. On ne songe pas assez qu'un gouvernement déjà par terre a encore le temps de vous lâcher un coup de pied et de vous casser les mandibules. » Cette sagesse lui venait de son bon esprit et de ce qu'il était fournisseur, aux ordres du ministère. Il était ambitieux, mais il s'efforçait de satisfaire son ambition sans qu'il en coûtât rien à ses affaires ni à ses plaisirs, qui étaient les tableaux et les femmes. Au reste très actif, toujours entre son usine et Paris, où il avait trois ou quatre domiciles.

La pensée de couler sa candidature entre les radicaux et les nationalistes purs lui étant venue un jour, il alla trouver M. le préfet Worms-Clavelin et lui dit :

— Ce que j'ai à vous proposer, monsieur le préfet, ne peut que vous être agréable. Je suis donc certain à l'avance de votre assentiment. Vous souhaitez le succès de la liste Laprat-Teulet. C'est votre devoir. A cet égard, je respecte vos sentiments, mais je ne puis les seconder. Vous redoutez le succès de la liste Brécé. Rien de plus légitime. De ce côté, je puis vous être utile. Je forme avec trois de mes amis une liste de candidats nationalistes. Le département est nationaliste, mais il est modéré. Mon programme sera nationaliste et républicain. J'aurai contre moi les congrégations. J'aurai pour moi l'évêché. Ne me combattez pas. Observez à mon égard une neutralité bienveillante. Je n'ôterai pas beaucoup de voix à la liste Laprat ; j'en prendrai au contraire un grand nombre à la liste Brécé. Je ne vous cache pas que j'espère passer au troisième tour. Mais ce sera encore un succès pour vous, puisque les violents resteront sur le carreau.

M. Worms-Clavelin répondit :

— Monsieur Panneton, vous êtes assuré depuis longtemps de mes sympathies personnelles. Je vous remercie de l'intéressante communication que vous avez eu l'amabilité de me faire. J'y réfléchirai et j'agirai conformément aux intérêts du parti républicain, en m'efforçant de me pénétrer des intentions du gouvernement.

Il offrit un cigare à M. Panneton, puis il lui demanda amicalement s'il ne venait pas de Paris et s'il n'avait pas vu la nouvelle pièce des Variétés. Il faisait cette question parce qu'il savait que Panneton entretenait une actrice de ce théâtre. Félix Panneton passait pour aimer beaucoup les femmes. C'était un gros homme de cinquante ans, noir, chauve, la tête dans les épaules, laid et qu'on disait spirituel.

Quelques jours après son entrevue avec le préfet Worms-Clavelin, il remontait les Champs-Élysées, songeant à sa candidature, qui s'annonçait assez bien et qu'il importait de lancer le plus tôt possible. Mais au moment de publier la liste dont il tenait la tête, un des candidats, M. de Terremondre, s'était dérobé. M. de Terremondre était trop modéré pour se séparer des violents. Il était revenu à eux en entendant redoubler leurs cris. « Je m'y attendais ! songeait Panneton. Le mal n'est pas grand. Je prendrai Gromance à la place de Terremondre. Gromance fera l'affaire. Gromance propriétaire. Il n'y a pas un hectare de ses terres qui ne soit hypothéqué. Mais cela ne lui nuira que dans son arrondissement. Il est à Paris. Je vais le voir. »

A cet endroit de sa pensée et de sa promenade, il vit venir madame de Gromance dans un manteau de vison qui lui tombait jusqu'aux pieds. Elle restait fine et mince sous l'épaisse toison. Il la trouva délicieuse ainsi.

— Je suis charmé de vous voir, chère madame. Comment va monsieur de Gromance ?

— Mais... bien.

Quand on lui demandait des nouvelles de son mari, elle craignait toujours que ce ne fût avec une ironie de mauvais goût.

— Voulez-vous me permettre de faire quelques pas avec vous, madame ? J'ai à vous parler de choses sérieuses... d'abord.

— Dites.

— Votre manteau vous donne un air farouche, l'air d'une charmante petite sauvage...

— Ce sont là les choses sérieuses que...

— J'y viens. Il est nécessaire que monsieur de Gromance pose sa candidature au Sénat. L'intérêt du pays l'exige. Monsieur de Gromance est nationaliste, n'est-ce pas ?

Elle le regarda avec une légère indignation.

— Ce n'est pas un intellectuel, bien sûr !

— Et républicain ?

— Mon Dieu ! oui. Je vais vous expliquer. Il est royaliste... Alors, vous comprenez...

— Ah ! chère madame, ces républicains-là sont les meilleurs. Nous inscrirons le nom de monsieur de Gromance en belle place sur notre liste de nationalistes républicains.

— Et vous croyez que Dieudonné passera ?

— Madame, je le crois. Nous avons pour nous l'évêché et beaucoup d'électeurs sénatoriaux qui, nationalistes de conviction et de sentiment, tiennent au gouvernement par leurs fonctions, leurs intérêts. Et, dans le cas d'un échec, qui ne peut être qu'honorable, monsieur de Gromance peut compter sur la reconnaissance de l'administration et du gouvernement. Je vous le dis en grand secret : Worms-Clavelin nous est favorable.

— Alors, je ne vois pas d'inconvénient à ce que Dieudonné...

— Vous m'assurez de son acceptation ?

— Voyez-le vous-même.

— Il n'écoute que vous.

— Vous croyez ?...

— J'en suis sûr.

— Alors, c'est entendu.

— Mais non, ce n'est pas entendu. Il y a des détails très délicats qu'on ne peut pas régler ainsi, dans la rue... Venez me voir. Je vous montrerai mes Baudouins. Venez demain.

Et il lui souffla l'adresse à l'oreille, le numéro d'une rue déserte et languissante dans le quartier de l'Europe. C'est là qu'à une distance respectueuse de son appartement légal et spacieux des Champs-Élysées il avait un petit hôtel, construit naguère pour un peintre mondain.

— C'est donc bien pressé ?

— Si c'est pressé ! Songez donc, chère madame, qu'il ne nous reste plus trois semaines pleines pour faire notre campagne électorale et que Brécé travaille le département depuis six mois.

— Mais, est-ce qu'il est absolument nécessaire que j'aille voir vos ?...

— Mes Baudouins... C'est indispensable.

— Croyez-vous ?

— Écoutez et jugez-en vous-même, chère madame. Le nom de votre mari exerce un certain prestige, je ne le nie point, sur les populations rurales, principalement dans les cantons où il est peu connu. Mais je ne puis vous cacher que, lorsque j'ai proposé de l'introduire dans notre liste, des résistances se sont produites. Elles subsistent encore. Il faut que vous me donniez la force de les vaincre. Il faut que je puise dans votre... dans votre amitié, cette volonté irrésistible qui... Enfin, je sens que si vous ne m'accordez pas toute votre sympathie je n'aurai pas l'énergie nécessaire pour...

— Mais ce n'est pas très correct d'aller voir vos...

— Oh ! à Paris !...

— Si j'y vais, ce sera bien pour la patrie et pour l'armée. Il faut sauver la France.

— C'est mon avis.

— Faites bien mes amitiés à madame Panneton.

— Je n'y manquerai pas, chère madame. A demain.

19

IL y a dans le petit hôtel de M. Félix Panneton une grande pièce qui servait autrefois d'atelier au peintre mondain, et que le nouveau propriétaire meubla avec la magnificence d'un gros amateur de curiosités et la sagesse d'un savant ami des femmes. M. Panneton y disposa avec art, dans un ordre déterminé, des canapés, des sofas, des divans de formes diverses.

En entrant, le regard, promené de droite à gauche, rencontrait d'abord un petit canapé de soie bleue, dont les bras à col de cygne rappelaient le temps où Bonaparte à Paris, comme autrefois Tibère à Rome, restaurait les mœurs ; puis un autre canapé, moins étroit, en beauvais, avec des accotoirs de tapisserie ; puis une duchesse en trois parties, garnie de soie ; puis un petit sofa de bois, à la capucine, couvert de tapisserie de point à la turque ; puis un grand sofa de bois doré, couvert de velours cramoisi ciselé, avec son matelas pareil, provenant de mademoiselle Damours ; puis un vaste divan bas, mollement rembourré, en satin ponceau. Au-delà il n'y avait plus qu'un amas chancelant de coussins moelleux, sur un divan oriental, très bas, qui, tout baigné d'une ombre rose, touchait à la chambre des Baudouins, à gauche.

Comme de la porte on embrassait d'un coup d'œil tous ces sièges, chaque visiteuse pouvait choisir celui qui convenait le mieux à son caractère moral et à l'état présent de son âme. Panneton, dès l'abord, observait les amies nouvelles, épiait leurs regards, s'étudiait à deviner leurs préférences et prenait soin de ne les faire asseoir que là où elles voulaient être assises. Les plus pudiques allaient droit au petit canapé bleu et posaient leur main gantée sur le col de cygne. Il y avait même un haut fauteuil de velours de Gênes et de bois doré, trône autrefois d'une duchesse de Modène et de Parme, qui était pour les orgueilleuses. Les Parisiennes s'asseyaient tranquillement dans le canapé de beauvais. Les princesses étrangères marchaient d'ordinaire vers l'un ou l'autre sofa. Grâce à cette disposition judicieuse des meubles de conversation, Panneton savait tout de suite ce qui lui restait à faire. Il était en état de garder toutes les convenances, averti de ne point tenter des passages trop brusques dans la succession nécessaire de ses attitudes, et aussi d'épargner à la visiteuse comme à lui-même des stations longues et inutiles entre les politesses de la porte et la vue des Baudouins. Ses démarches en prenaient une sûreté et une maîtrise qui lui faisaient honneur.

Madame de Gromance montra tout de suite un tact dont Panneton lui sut gré. Sans regarder seulement le trône de Parme et de Modène, et laissant à sa droite le col de cygne consulaire, elle s'assit dans le beauvais fleuri, comme une Parisienne. Clotilde avait langui dans la petite noblesse agricole du département, un peu traîné avec de petits jeunes gens mal élevés. Mais le sens de la vie lui venait. Les embarras d'argent avaient beaucoup exercé son intelligence et elle commençait à comprendre le devoir social. Panneton ne lui déplaisait pas excessivement. Cet homme chauve, avec des cheveux très noirs collés aux tempes, de gros yeux hors de la tête, un air d'amoureux apoplectique, lui donnait un peu envie de rire et contentait ce besoin de comique qu'elle avait dans l'amour. Sans doute elle eût préféré un superbe garçon, mais elle était encline à la gaieté facile, disposée à l'amusement qu'un homme procure par des plaisanteries un peu grasses et par une certaine laideur. Après un moment de gêne bien naturelle, elle sentit que ce ne serait pas horrible, ni même très ennuyeux.

Ce fut très bien. Le passage du beauvais à la duchesse et de la duchesse au grand sofa se fit convenablement. On jugea inutile de s'arrêter aux coussins orientaux et l'on passa dans la chambre des Baudouins.

Quand Clotilde songea à les regarder, la chambre était, comme ces tableaux du peintre érotique, toute jonchée de vêtements de femme et de linge fin.

— Ah ! les voilà, vos Baudouins. Vous en avez deux...

— Parfaitement.

Il possédait *le Jardinier galant* et *le Carquois épuisé,* deux petites gouaches qu'il avait payées soixante mille francs pièce à la vente Godard, et qui lui revenaient beaucoup plus cher que cela par l'usage qu'il en faisait.

Il examinait en connaisseur, très calme maintenant et même un peu mélancolique, cette fine, élégante, coulante figure de femme, et il goûtait à la trouver jolie une petite satisfaction d'amour-propre qui s'avivait à mesure qu'elle revêtait pièce à pièce son caractère social avec ses vêtements.

Elle demanda la liste des candidats :

— Panneton, industriel ; Dieudonné de Gromance, propriétaire ; docteur Fornerol ; Mulot, explorateur.

— Mulot ?

— Le fils Mulot. Il faisait des dettes à Paris. Le père Mulot l'envoya faire le tour du monde. Désiré Mulot explorateur. C'est excellent, un candidat explorateur. Les électeurs espèrent qu'il ouvrira des débouchés nouveaux à leurs produits. Et surtout ils sont flattés.

Madame de Gromance devenait une femme sérieuse. Elle voulut connaître la proclamation aux électeurs sénatoriaux. Il la lui résuma et en récita les passages qu'il savait par cœur.

— D'abord nous promettons l'apaisement. Brécé et les nationalistes purs n'ont pas assez insisté sur l'apaisement. Ensuite nous flétrissons le parti sans nom.

Elle demanda :

— Qu'est-ce que c'est que le parti sans nom ?

— Pour nous, c'est celui de nos adversaires. Pour nos adversaires, c'est le nôtre. Il n'y a pas d'équivoque possible... Nous flétrissons les traîtres, les vendus. Nous combattons la puissance de l'argent. Cela, très utile, pour la petite noblesse ruinée. Ennemis de toute réaction, nous répudions la politique d'aventures. La France veut résolument la paix. Mais le jour où elle tirerait l'épée du fourreau..., etc., etc. La Patrie repose ses regards avec orgueil et tendresse sur son admirable armée nationale... Il faudra changer un peu cette phrase-là.

— Pourquoi ?

— Parce qu'elle est littéralement dans les deux autres manifestes électoraux, dans celui des nationalistes et dans celui des ennemis de l'armée.

— Et vous me promettez que Dieudonné passera.

— Dieudonné ou Goby.

— Comment ?... Dieudonné ou Goby ? Si vous n'étiez pas plus sûr que ça, vous auriez dû me prévenir... Dieudonné ou Goby !... A vous entendre, on dirait que c'est la même chose.

— Ce n'est pas la même chose. Mais dans les deux cas, Brécé échoue...

— Vous savez, Brécé est de nos amis.

— Et des miens !... Dans les deux cas, vous dis-je, Brécé échoue avec sa liste, et monsieur de Gromance, en contribuant à son échec, se sera acquis des titres à la reconnaissance du préfet et du gouvernement. Après les élections, quel qu'en soit le résultat, vous reviendrez voir mes Baudouins, et je fais votre mari... tout ce que vous voudrez qu'il soit.

— Ambassadeur.

Au scrutin du 28 janvier, la liste des nationalistes : comte de Brécé ; colonel Despautères ; Lerond, ancien magistrat ; Lafolie, boucher, obtint cent voix en moyenne. La liste des républicains progressistes : Félix

Panneton, industriel; Dieudonné de Gromance, propriétaire; Mulot, explorateur; docteur Fornerol, obtint cent trente voix en moyenne; Laprat-Teulet, compromis dans le Panama, ne réunit sur son nom que cent vingt suffrages. Les trois autres sénateurs sortants, républicains radicaux, obtinrent deux cents voix en moyenne.

Au second tour de scrutin, Laprat-Teulet tomba à soixante voix.

Au troisième tour, Goby, Mannequin, Ledru, sénateurs sortants radicaux, et Félix Panneton, républicain progressiste, furent élus.

20

CONTEMPLEZ ce spectacle, dit, sur les marches du Trocadéro, M. Bergeret à M. Goubin, son disciple, qui essuyait les verres de son lorgnon. Voyez : dômes, minarets, flèches, clochers, tours, frontons, toits de chaume, d'ardoise, de verre, de tuile, de faïences colorées, de bois, de peaux de bêtes, terrasses italiennes et terrasses mauresques, palais, temples, pagodes, kiosques, huttes, cabanes, tentes, châteaux d'eaux, château de feu, contrastes et harmonies de toutes les habitations humaines, féerie du travail, jeux merveilleux de l'industrie, amusement énorme du génie moderne, qui a planté là les arts et métiers de l'univers.

— Pensez-vous, demanda M. Goubin, que la France tirera profit de cette immense Exposition ?

— Elle en peut recueillir de grands avantages, répondit M. Bergeret, à la condition de n'en pas concevoir un stérile et hostile orgueil. Ceci n'est que le décor et l'enveloppe. L'étude du dedans donnera lieu de considérer de plus près l'échange et la circulation des produits, la consommation au juste prix, l'augmentation du travail et du salaire, l'émancipation de l'ouvrier. Et n'admirez-vous pas, monsieur Goubin, un des premiers bienfaits de l'Exposition universelle ? Voici que, tout d'abord, elle a mis en déroute Jean Coq et Jean Mouton. Jean Coq et Jean Mouton, où sont-ils ? On ne les voit ni ne les entend. Naguère on ne voyait qu'eux. Jean Coq allait devant, la tête haute et le mollet tendu. Jean Mouton allait derrière, gras et frisé. Toute la ville retentissait de leur *cocorico* et de leur *bêe, bêe, bêe;* car ils étaient éloquents. J'ouïs, un jour de cet hiver, Jean Coq qui disait :

» — Il faut faire la guerre. Ce gouvernement l'a rendue inévitable par sa lâcheté.

» Et Jean Mouton répondait :

» — J'aimerais assez une guerre navale.

» — Certes, disait Jean Coq, une naumachie serait congruente à l'exaltation du nationalisme. Mais ne pouvons-nous faire la guerre sur terre et sur mer ? Qui nous en empêche ?

» — Personne, répondait Jean Mouton. Je voudrais bien voir que quelqu'un nous en empêchât ! Mais auparavant il faut exterminer les traîtres et les vendus, les juifs et les francs-maçons. C'est nécessaire.

» — Je l'entends bien ainsi, disait Jean Coq, et ne partirai en guerre que lorsque le sol national sera purgé de tous nos ennemis.

» Jean Coq est vif, Jean Mouton est doux. Mais ils savent trop bien tous deux comment on trempe les énergies nationales pour ne pas s'efforcer, par tous les moyens possibles, d'assurer à leur pays les bienfaits de la guerre civile et de la guerre étrangère.

» Jean Coq et Jean Mouton sont républicains. Jean Coq vote, à chaque élection, pour le candidat impérialiste, et Jean Mouton pour le candidat royaliste ; mais ils sont tous deux républicains plébiscitaires, n'imaginant rien de mieux, pour affermir le gouvernement de leur choix, que de le livrer aux hasards d'un suffrage obscur et tumultueux. En quoi ils se montrent habiles gens. En effet, il vous est profitable, si vous possédez une maison, de la jouer aux dés contre une botte de foin, car, par ce moyen, vous risquez de gagner votre maison, ce dont vous serez bien avancé.

» Jean Coq n'est pas pieux, et Jean Mouton n'est pas clérical, bien qu'il ne soit pas libre penseur, mais ils vénèrent et chérissent la moinerie qui s'enrichit à vendre des miracles et qui rédige des papiers séditieux, injurieux et calomniateurs. Et vous savez si une telle moinerie pullule en ce pays et le dévore !

» Jean Coq et Jean Mouton sont patriotes. Vous pensez l'être aussi et vous vous sentez attaché à votre pays par les forces invincibles et douces du sentiment et de la raison. Mais c'est une erreur, et si vous souhaitez de vivre en paix avec l'univers, vous êtes un complice de l'étranger. Jean Coq et Jean Mouton vous le prouveront bien en vous assommant à coups de matraque, au cri de guerre : « La France aux Français ! » Et ce sera bien fait pour vous. « La France aux Français », c'est la devise de Jean Coq et de Jean Mouton ; et comme évidemment ces trois mots rendent un compte exact de la situation d'un grand peuple au milieu des autres peuples, expriment les conditions nécessaires de sa vie, la loi universelle de l'échange, le commerce des idées et des produits, comme enfin ils renferment une philosophie profonde et une large doctrine économique, Jean Coq et Jean Mouton, pour assurer la France aux Français, avaient résolu de la fermer aux étrangers, étendant ainsi, par un coup de génie, aux personnes humaines le système que monsieur Méline n'avait appliqué qu'aux produits de l'agriculture et de l'industrie, pour le plus grand profit d'un petit nombre de propriétaires fonciers. Et cette pensée que conçut Jean Coq, d'interdire le sol national aux hommes des nations étrangères, s'imposa par sa beauté farouche à l'admiration d'une assez grande foule de menus bourgeois et de limonadiers.

» Jean Coq et Jean Mouton n'ont point de méchanceté. C'est avec innocence qu'ils sont les ennemis du genre humain. Jean Coq a plus d'ardeur, Jean Mouton plus de mélancolie ; mais ils sont simples tous deux, et ils croient ce que dit leur journal. C'est là qu'éclate leur candeur. Car ce que dit leur journal n'est pas aisément croyable. Je vous atteste, imposteurs célèbres, faussaires de tous les temps, menteurs insignes, trompeurs illustres, artisans fameux de fictions, d'erreurs et d'illusions, vous dont les fraudes vénérables ont enrichi la littérature profane et la littérature sacrée de tant de livres supposés, auteurs des ouvrages apocryphes grecs, latins, hébraïques, syriaques et chaldaïques, qui ont abusé si longtemps les ignorants et les doctes, faux Pythagore, faux Hermès-Trismégiste, faux Sanchoniathon, rédacteurs fallacieux des poésies orphiques et des Livres sibyllins, faux Enoch, faux Esdras, pseudo-Clément et pseudo-Timothée ; et vous seigneurs abbés qui, pour vous assurer la possession de vos terres et de vos privilèges, forgeâtes sous le règne de Louis XI des chartes de Clotaire et de Dagobert ; et vous, docteurs en droit canon, qui appuyâtes les prétentions du Saint-Siège sur un tas de sacrées décrétales que vous aviez vous-mêmes composées ; et vous, fabricants à la grosse de mémoires historiques, Soulavie, Courchamps, Touchard-Lafosse, faux Weber, Bourrienne faux ; vous, feints bourreaux et policiers feints, qui écrivîtes sordidement les Mémoires de Samson et les Mémoires de monsieur Claude ; et toi, Vrain-Lucas qui de ta main sus tracer une lettre de Marie-Madeleine et un billet de Vercingétorix, je vous atteste ; je vous atteste, vous dont la vie entière fut une œuvre de simulation, faux Smerdis, faux Nérons, fausses Pucelles d'Orléans qui trompâtes les frères mêmes de Jeanne d'Arc, faux Démétrius, faux Martin Guerre et faux ducs de Normandie ; je vous atteste, ouvriers en prestiges, faiseurs de miracles par qui les foules furent séduites, Simon le Magicien, Apollonius de Tyane, Cagliostro, comte de Saint-Germain ; je vous atteste, voyageurs qui, revenant de loin, eûtes toutes facilités de mentir et en usâtes pleinement, vous qui nous dites avoir vu les Cyclopes et les Lestrygons, la montagne d'aimant, l'oiseau Rok et le poisson-évêque ; et vous, Jean de Mandeville, qui rencontrâtes en Asie des diables crachant du feu ; et vous, beaux faiseurs de contes, de fables et de gabs, ô ma Mère l'Oie, ô Till l'Espiègle, ô baron de Munchhausen ! et vous, Espagnols chevaleresques et picaresques, grands hâbleurs, je vous atteste ; soyez témoins qu'à vous tous, vous n'avez pas accumulé autant de mensonges, en une longue suite de siècles, que n'en assemble en un jour un seul des journaux que lisent Jean Coq et Jean Mouton. Après cela comment s'étonner qu'ils aient tant de fantômes dans la tête !

21

IMPLIQUÉ dans les poursuites intentées aux auteurs du complot contre la République, Joseph Lacrisse mit en sûreté sa personne et ses papiers. Le commissaire de police chargé de saisir la correspondance du Comité royaliste était trop homme du monde pour ne pas avertir préalablement de sa visite MM. les membres du Comité. Il les en avisa vingt-quatre heures à l'avance, mettant ainsi sa courtoisie d'accord avec le légitime souci de bien conduire ses affaires, car il croyait, conformément à l'opinion commune, que le ministère républicain serait bientôt renversé et remplacé par un ministère Méline ou Ribot. Quand il se présenta au siège du Comité, tous les cartons et tous les tiroirs étaient vides. Le magistrat y apposa les scellés. Il mit pareillement sous scellés un Bottin de 1897, le catalogue d'un constructeur d'automobiles, un gant d'escrime et un paquet de cigarettes, qui se trouvaient sur le marbre de la cheminée. De cette manière, il observa les formes de la loi, ce dont il convient de le féliciter; on doit toujours observer les formes de la loi. Il se nommait Jonquille. C'était un magistrat distingué et un homme d'esprit. Il avait composé, dans sa jeunesse, des chansons pour les cafés-concerts. Une de ses œuvres, *les Cancrelats dans le pain,* obtint un grand succès aux Champs-Élysées, en 1885.

Après l'étonnement causé par une poursuite inattendue, Joseph Lacrisse se rassura. Il s'aperçut vite que, sous le présent régime, on risque moins à conspirer qu'on ne risquait sous le Premier Empire et sous la royauté légitime, et que la Troisième République n'est pas sanguinaire. Il l'en estima moins, mais il en éprouva un grand soulagement. Madame de Bonmont seule le considérait comme une victime. Elle l'en aima davantage, car elle était généreuse, et elle lui témoignait son amour dans les larmes, les sanglots et les spasmes, en sorte qu'il passa avec elle, à Bruxelles, quinze jours inoubliables. Ce fut tout son exil. Il bénéficia d'une des premières ordonnances de non-lieu rendues par la Haute Cour. Je ne m'en plains pas et si l'on m'en avait cru, la Haute Cour n'aurait condamné personne. Puisqu'on n'osait pas poursuivre tous les coupables, il n'était pas très élégant de condamner seulement ceux dont on avait le moins de peur, et de les condamner pour des faits qui n'étaient pas, ou du moins ne semblaient pas suffisamment distincts des faits pour lesquels ils avaient été déjà poursuivis. Enfin que, dans un complot militaire, seuls des civils fussent impliqués, cela pouvait paraître étrange.

A quoi d'excellentes gens m'ont répondu :

— On se défend comme on peut.

Joseph Lacrisse n'avait rien perdu de son énergie. Il était prêt à renouer les fils rompus du complot, mais on reconnut vite que c'était impossible. Bien que, pour la plupart, les commissaires de police qui avaient reçu un mandat de perquisition eussent agi à l'égard des prévenus royalistes avec la même délicatesse que M. Jonquille, la malice du hasard ou l'imprudence des conspirateurs mit malgré eux, entre leurs mains, assez de papiers pour révéler au procureur de la République l'organisation intime des Comités. On ne pouvait plus conspirer en sûreté, et toute espérance était perdue de voir le Roi revenir avec les hirondelles.

Madame de Bonmont vendit les six chevaux blancs qu'elle avait achetés dans le dessein de les offrir au Prince pour l'entrée à Paris, par l'avenue des Champs-

Élysées. Elle les céda, sur l'avis de son frère Wallstein, à M. Gilbert, directeur du Cirque national du Trocadéro. Elle n'eut point la douleur de les vendre à perte. Elle fit même un petit bénéfice dessus. Cependant ses beaux yeux pleurèrent quand ces six chevaux blancs comme des lis quittèrent son écurie pour n'y plus revenir. Il lui semblait qu'ils menaient les funérailles de cette royauté dont ils devaient conduire le triomphe.

Cependant la Haute Cour, qui avait instruit l'affaire avec une curiosité limitée, siégeait longuement.

Un jour, chez madame de Bonmont, le jeune Lacrisse se donna la naturelle satisfaction de maudire les juges qui l'avaient acquitté, mais qui retenaient quelques accusés.

— Quels bandits ! s'écria-t-il.

— Ah ! soupira madame de Bonmont, le Sénat est aux gages du ministère. Nous avons un gouvernement affreux. Ce n'est pas monsieur Méline qui aurait fait cet abominable procès. C'était un républicain, monsieur Méline, mais c'était un honnête homme. S'il était resté ministre, le Roi serait aujourd'hui en France.

— Hélas ! Le Roi en est loin, aujourd'hui, dit Henri Léon, qui n'avait jamais eu beaucoup d'illusions.

Joseph Lacrisse secoua la tête. Et il y eut un grand silence.

— C'est peut-être un bien pour vous, reprit Henri Léon.

— Comment ?

— Je dis que, d'une manière, c'est plutôt un avantage pour vous, Lacrisse, que le Roi reste en exil. Et même vous devriez en être enchanté, abstraction faite de vos sentiments patriotiques, naturellement.

— Je ne comprends pas.

— C'est pourtant bien simple. Si vous étiez financier, comme moi, la monarchie pourrait vous être profitable. Ne serait-ce que l'emprunt du sacre... Le Roi aurait fait un emprunt peu après son avènement, car il aurait eu besoin d'argent pour régner, ce cher prince. Il y avait gros à gagner pour moi, dans cette affaire-là. Mais vous, un avocat, qu'est-ce que vous auriez gagné à la restauration ? Une préfecture ? La belle affaire ! Vous pouvez avoir beaucoup mieux comme royaliste dans la République. Vous parlez très bien... Ne vous en défendez pas. Vous parlez avec facilité, avec élégance. Vous êtes un des vingt-cinq ou trente membres du jeune barreau que le nationalisme a mis en vue. Vous pouvez m'en croire, je ne vous flatte pas. Un homme qui parle à tout à gagner à ce que le Roi ne revienne pas. Philippe à l'Élysée, vous êtes mis en devoir d'administrer, de gouverner. On s'use vite à ce métier. Vous prenez les intérêts du peuple, vous mécontentez le Roi, il vous chasse. Vous êtes dévoué au Roi, le public murmure, et le Roi vous congédie. Il fait des fautes, vous en faites, et vous êtes puni des vôtres et des siennes. Populaire ou impopulaire, vous vous coulez fatalement. Mais tant que le Prince est en exil, vous ne pouvez commettre de fautes. Vous ne pouvez rien : vous n'avez pas de responsabilité. C'est une situation excellente. Vous n'avez à craindre ni la popularité ni l'impopularité : vous êtes au-dessus de l'une et de l'autre. Vous ne pouvez être maladroit : aucune maladresse n'est possible au défenseur d'une cause perdue. L'avocat du malheur est toujours éloquent. Dans une république on est royaliste sans danger quand on l'est sans espoir. On fait au pouvoir une opposition sereine ; on est libéral ; on a la sympathie de tous les ennemis du régime existant et l'estime du gouvernement que l'on combat sans lui nuire. Serviteur de la monarchie déchue, la vénération avec laquelle vous vous agenouillerez aux pieds de votre Roi rehaussera la noblesse de votre caractère, et vous pouvez sans bassesse épuiser sur lui toutes les flatteries. Vous pouvez également, sans inconvénient aucun, faire la leçon au Prince, lui parler avec une rude franchise, lui reprocher ses alliances, ses abdications, ses conseillers intimes, lui dire, par exemple : « Monseigneur, je vous avertis respectueusement que vous

vous encanaillez. » Les journaux recueilleront cette noble parole. Votre renom de fidélité en grandira et vous dominerez votre parti de toute la hauteur de votre âme. Avocat, député, vous avez au Palais, à la tribune, les plus beaux gestes ; vous êtes incorruptible... Et les bons Pères vous protègent. Lacrisse, connaissez votre bonheur.

Lacrisse répliqua sèchement :

— C'est peut-être drôle, ce que vous dites, Léon ; mais je ne trouve pas. Et je doute que vos plaisanteries soient très à propos.

— Je ne plaisante pas.

— Si ! vous plaisantez. Vous êtes sceptique. J'ai horreur du scepticisme. C'est la négation de l'action. Moi, je suis pour l'action, toujours et quand même.

Henri Léon protesta :

— Je vous assure que je suis très sérieux.

— Eh bien ! mon cher ami, j'ai le regret de vous dire que vous ne comprenez pas le moins du monde l'esprit de votre époque. Vous avez dessiné là un bonhomme genre Berryer, qui aurait l'air d'un portrait de famille, d'un trumeau. On pouvait lui trouver une certaine allure, à votre royaliste, sous le second Empire. Mais je vous assure qu'aujourd'hui il paraîtrait vieux jeu et bigrement démodé. Le courtisan du malheur serait tout bonnement ridicule, au XXe siècle. Il ne faut pas être vaincu et les faibles ont tort. Voilà notre morale, mon cher. Est-ce que nous sommes pour la Pologne, pour la Grèce, pour la Finlande ? Non, non ! Nous ne pinçons pas de cette guitare-là. On n'est pas des naïfs !... Nous avons crié « Vivent les Boers ! » c'est vrai. Mais nous savions ce que nous faisions. C'était pour ennuyer le gouvernement en lui créant des difficultés avec l'Angleterre, et parce que nous espérions que les Boers seraient victorieux. D'ailleurs je ne suis pas découragé. J'ai bon espoir que nous renverserons la République, avec l'aide des républicains.

» Ce que nous ne pouvons faire tout seuls, nous le ferons avec les nationalistes de toutes nuances. Avec eux nous étranglerons la gueuse. Et tout d'abord il faut travailler les élections municipales.

22

JOSEPH Lacrisse l'avait dit : il était homme d'action. L'oisiveté lui pesait. Secrétaire d'un Comité royaliste qui n'agissait plus, il entra dans un Comité nationaliste qui agissait beaucoup. L'esprit en était violent. On y respirait un amour haineux de la France et un patriotisme exterminateur. On y organisait des manifestations assez farouches, qui avaient lieu soit dans les théâtres, soit dans les églises. Joseph Lacrisse prenait la tête de ces manifestations. Lorsqu'elles avaient lieu dans les églises, madame de Bonmont, qui était pieuse, s'y rendait en toilette sombre. *Domus mea domus orationis.* Un jour, après s'être joints aux nationalistes, dans la cathédrale, pour y prier avec éclat, madame de Bonmont et Lacrisse se mêlèrent, sur la place du Parvis, à des hommes qui exprimaient leur patriotisme par des cris frénétiques et concertés. Lacrisse unit sa voix à la voix de la foule, et madame de Bonmont anima les courages par les sourires humides de ses yeux bleus et de ses lèvres rouges, qui brillaient sous la voilette.

La clameur fut auguste et formidable. Elle grandissait encore, quand, sur un ordre de la Préfecture, une escouade de gardiens de la paix marcha contre les manifestants. Lacrisse la vit venir sans s'étonner, et dès que les agents furent à la portée de la voix, il cria : « Vive la police ! »

Cet enthousiasme ne manquait point de prudence, et il était sincère. Des liens d'amitié avaient été noués entre les brigades de la Préfecture et les manifestants nationalistes aux temps à jamais regrettables, si l'on ose dire, du ministre laboureur, qui laissait les porteurs de matraque assommer sur le pavé des rues les républicains silencieux. C'est ce qu'il appelait agir avec modération ! O douces mœurs agricoles ! O simplicité première ! O jours heureux ! qui ne vous a pas connus n'a pas vécu ! O candeur de l'homme des champs, qui disait : « La République n'a point d'ennemis. Où voyez-vous des conspirateurs royalistes et des moines séditieux ? Il n'y en a point. » Il les avait tous cachés sous sa longue redingote des dimanches. Joseph Lacrisse n'avait pas oublié ces heures fortunées. Et sur la foi de cette antique alliance des émeutiers avec les agents, il acclamait les brigades noires. Au premier rang des ligueurs, agitant son chapeau au bout de sa canne, en signe de paix, il cria vingt fois : « Vive la police ! » Mais les temps étaient changés. Indifférents à cet accueil amical, sourds à ces cris flatteurs, les agents chargèrent. Le choc fut rude. La troupe nationaliste oscilla et plia. Juste retour des choses humaines, Lacrisse, qui avait cessé de saluer et s'était couvert devant les assaillants, eut son chapeau défoncé d'un coup de poing. Indigné de l'offense, il cassa sa canne sur la tête d'un sergot. Et, sans l'effort de ses amis qui le dégagèrent, il aurait été mené au poste et passé à tabac, comme un socialiste.

L'agent, qui avait la tête fendue, fut porté à l'hôpital, où il reçut de M. le préfet de police une médaille d'argent. Joseph Lacrisse fut désigné par le Comité nationaliste du quartier des Grandes-Écuries comme candidat aux élections municipales du 6 mai.

C'était l'ancien Comité de M. Collinard, conservateur blackboulé aux précédentes élections, et qui, cette fois, ne se présentait pas. Le président du Comité, M. Bonnaud, charcutier, s'engagea à faire triompher la candidature de Joseph Lacrisse. Le conseiller sortant,

Raimondin, républicain radical, demandait le renouvellement de son mandat. Mais il avait perdu la confiance des électeurs. Il avait mécontenté tout le monde et négligé les intérêts du quartier. Il n'avait pas même obtenu un tramway, réclamé depuis douze ans, et on l'accusait d'avoir eu quelques complaisances pour les dreyfusards. Le quartier était excellent. Les gens de maison étaient tous nationalistes et les commerçants jugeaient sévèrement le ministère Waldeck-Millerand. Il y avait des juifs ; mais ils étaient antisémites. Les congrégations, nombreuses et riches, marcheraient. On pouvait compter notamment sur les Pères qui avaient ouvert la chapelle de Saint-Antoine. Le succès était certain. Il fallait seulement que M. Lacrisse ne se déclarât pas expressément et en propres termes royaliste, par ménagement pour le petit commerce, qui avait peur d'un changement de régime, surtout pendant l'Exposition.

Lacrisse résista. Il était royaliste et n'entendait pas mettre son drapeau dans sa poche. M. Bonnaud insista. Il connaissait l'électeur. Il savait quelle bête c'était et comment il fallait la prendre. Que M. Lacrisse se présentât comme nationaliste et Bonnaud enlevait l'élection. Sinon, il n'y avait rien à faire.

Joseph Lacrisse était perplexe. Il pensa en écrire au Roi. Mais le temps pressait. D'ailleurs le Prince pouvait-il, à distance, être bon juge de ses propres intérêts ? Lacrisse consulta ses amis.

— Notre force est dans notre principe, lui répondit Henri Léon. Un monarchiste ne peut pas se dire républicain même pendant l'Exposition. Mais on ne vous demande pas de vous déclarer républicain, mon cher Lacrisse. On ne vous demande pas même de vous déclarer républicain progressiste ou républicain libéral, ce qui est tout autre chose que républicain. On vous demande de vous proclamer nationaliste. Vous pouvez le faire la tête haute, puisque vous êtes nationaliste. N'hésitez pas. Le succès en dépend, et il importe à la bonne cause que vous soyez élu.

Joseph Lacrisse céda par patriotisme. Et il écrivit au Prince pour lui exposer la situation et protester de son dévouement.

On arrêta sans difficulté les termes du programme. Défendre l'armée nationale contre une bande de forcenés. Combattre le cosmopolitisme. Soutenir les droits des pères de famille violés par le projet du gouvernement sur le stage universitaire. Conjurer le péril collectiviste. Relier par un tramway le quartier des Grandes-Écuries à l'Exposition. Porter haut le drapeau de la France. Améliorer le service des eaux.

De plébiscite il n'en fut pas question. On ne savait ce que c'était dans le quartier des Grandes-Écuries. Joseph Lacrisse n'eut point d'embarras de concilier sa doctrine, qui était celle du droit divin, avec la doctrine plébiscitaire. Il aimait et admirait Déroulède. Il ne le suivait pas aveuglément.

— Je ferai faire des affiches tricolores, dit-il à Bonnaud. Ce sera d'un bel effet. Il ne faut rien négliger pour frapper les esprits.

Bonnaud l'approuva. Mais le conseiller sortant, Raimondin, ayant obtenu à la dernière heure l'établissement d'une ligne de tramways à vapeur allant des Grandes-Écuries au Trocadéro, publiait abondamment cet heureux succès. Il honorait dans ses circulaires et célébrait les merveilles de l'Exposition comme le triomphe du génie industriel et commercial de la France, et la gloire de Paris. Il devenait un concurrent redoutable.

Sentant que la lutte serait rude, les nationalistes haussèrent leur courage. Dans d'innombrables réunions, ils accusèrent Raimondin d'avoir laissé mourir de faim sa vieille mère et voté la souscription municipale au livre d'Urbain Gohier. Ils flétrirent chaque nuit Raimondin, candidat des juifs et des panamistes. Un groupe de républicains progressistes se forma pour soutenir la candidature de Joseph Lacrisse et lança la circulaire que voici :

Messieurs les Électeurs,

Les graves circonstances que nous traversons nous font un devoir de demander compte aux candidats aux élections municipales de leur sentiment sur la politique générale, de laquelle dépend l'avenir du pays. A l'heure où des égarés ont la prétention criminelle d'entretenir une agitation malsaine de nature à affaiblir notre cher pays ; à l'heure où le collectivisme, audacieusement installé au pouvoir, menace nos biens, fruits sacrés du travail et de l'épargne ; à l'heure où un gouvernement établi contre l'opinion publique prépare des lois tyranniques, vous voterez tous pour

M. Joseph LACRISSE

AVOCAT A LA COUR D'APPEL

Candidat de la liberté de conscience et de la République honnête

Les socialistes nationalistes du quartier avaient pensé d'abord désigner un candidat à eux, dont les voix, au second tour, se fussent reportées sur Lacrisse. Mais le péril imminent imposait l'union. Les socialistes nationalistes des Grandes-Écuries se rallièrent à la candidature Lacrisse et firent un appel aux électeurs :

Citoyens,

Nous vous recommandons la candidature nettement républicaine, socialiste et nationaliste du

citoyen LACRISSE

A bas les traîtres ! A bas les dreyfusards ! A bas les panamistes !

A bas les juifs ! Vive la république sociale nationaliste !

Les Pères, qui possédaient dans le quartier une chapelle et d'immenses immeubles, se gardèrent d'intervenir dans une affaire électorale. Ils étaient trop soumis au souverain pontife pour enfreindre ses ordres ; et le soin des œuvres pies les tenait éloignés du siècle. Mais des amis laïques, qu'ils avaient, exprimèrent à propos, dans une circulaire, la pensée des bons religieux. Voici le texte de cette circulaire, qui fut distribuée dans le quartier des Grandes-Écuries :

Œuvre de Saint-Antoine, pour retrouver les objets perdus, bijoux, valeurs, et généralement tous objets, meubles et immeubles, sentiments, affections, etc., etc.

Messieurs,

C'est principalement dans les élections que le diable s'efforce de troubler les consciences. Et pour atteindre ce but, il a recours à d'innombrables artifices. Hélas ! n'a-t-il pas à son service toute l'armée des francs-maçons ? Mais vous saurez déjouer les ruses de l'ennemi. Vous repousserez avec horreur et dégoût le candidat des incendiaires, des brûleurs d'églises et autres dreyfusards.

C'est en portant au pouvoir des honnêtes gens que vous ferez cesser la persécution abominable qui sévit si cruellement à cette heure, et que vous empêcherez un gouvernement inique de mettre la main sur l'argent des pauvres. Votez tous pour

M. Joseph LACRISSE
AVOCAT A LA COUR D'APPEL
Candidat de Saint-Antoine

N'infligez point, messieurs, au bon saint Antoine cette douleur imméritée de voir échouer son candidat.

Signé : RIBAGOU, avocat ; WERTHEIMER, publiciste ; FLORIMOND, architecte ; BÈCHE, capitaine en retraite ; MOLON, ouvrier.

On voit par ces documents à quelle hauteur intellectuelle et morale le nationalisme a porté la discussion des candidatures municipales à Paris.

23

JOSEPH Lacrisse, candidat nationaliste, mena très activement la campagne, dans le quartier des Grandes-Écuries, contre Anselme Raimondin, conseiller sortant, radical. Tout de suite il se sentit à l'aise dans les réunions publiques. Étant avocat et très ignorant, il parlait abondamment, sans que rien l'arrêtât jamais. Il étonnait, par la rapidité de son débit, les électeurs avec lesquels il demeurait en sympathie par le petit nombre et la simplicité de ses idées, et ce qu'il disait était toujours ce qu'ils auraient dit ou du moins voulu dire. Il prenait de grands avantages sur Anselme Raimondin. Il parlait sans cesse de son honnêteté et de l'honnêteté de ses amis politiques, répétait qu'il fallait nommer des honnêtes gens, et que son parti était le parti des honnêtes gens. Et comme c'était un parti nouveau, on le croyait.

Anselme Raimondin, dans ses réunions, répliqua qu'il était honnête et très honnête ; mais ses déclarations, venant après les autres, semblaient fastidieuses. Et, puisqu'il avait été en place et mêlé aux affaires, on ne croyait pas facilement qu'il fût honnête, tandis que Joseph Lacrisse brillait d'innocence.

Lacrisse était jeune, agile, d'aspect militaire. Raimondin était petit, gros, à lunettes. Cela fut remarqué en un moment où le nationalisme avait soufflé dans les élections municipales le genre d'enthousiasme et même de poésie qui lui est propre, et un idéal de beauté sensible au petit commerce.

Joseph Lacrisse ignorait absolument toutes les questions d'édilité et jusqu'aux attributions des Conseils municipaux. Cette ignorance le servait. Son éloquence en était tout affranchie et soulevée. Anselme Raimondin, au contraire, se perdait dans les détails. Il avait pris le pli des affaires, l'habitude de la discussion technique, le goût des chiffres, la manie du dossier. Et, bien qu'il connût son public, il se faisait quelque illusion sur l'intelligence des électeurs qui l'avaient nommé. Il leur gardait un peu de respect, n'osait risquer des bourdes trop grosses et entrait dans des explications. Aussi semblait-il froid, obscur, ennuyeux.

Ce n'était pas un innocent. Il avait le sens de ses intérêts et de la petite politique. Voyant depuis deux ans son quartier submergé par les journaux nationalistes, par les affiches nationalistes, par les brochures nationalistes, il s'était dit que, le moment venu, il saurait bien, lui aussi, faire le nationaliste, et qu'il n'était pas bien difficile de flétrir les traîtres et d'acclamer l'armée nationale. Il n'avait pas assez redouté ses adversaires, estimant qu'il pourrait toujours dire comme eux. En quoi il s'était trompé. Joseph Lacrisse avait, pour exprimer la pensée nationaliste, un tour inimitable. Il avait trouvé notamment une phrase dont il faisait un fréquent usage, et qui semblait toujours belle et toujours nouvelle, celle-ci : « Citoyens, levons-nous tous pour défendre notre admirable armée contre une poignée de sans-patrie qui ont juré de la détruire. » C'était exactement ce qu'il fallait dire aux électeurs des Grandes-Écuries. Cette parole, chaque soir répétée, soulevait dans l'assemblée entière un enthousiasme auguste et formidable. Anselme Raimondin ne trouva rien de si bon, à beaucoup près. Et si les mots patriotiques lui venaient, il n'avait pas le ton qu'il fallait et ne produisait pas d'effet.

Lacrisse couvrait les murailles d'affiches tricolores. Anselme Raimondin fit faire aussi des affiches aux trois couleurs. Mais soit que la peinture en fût trop lavée, soit que le soleil la mangeât, elles paraissaient pâles. Tout le trahissait ; tous l'abandonnaient. Il perdait son assurance, il se faisait humble, prudent, petit. Il se dissimulait. Il devenait imperceptible.

Et lorsque dans une salle de mastroquet, devant un décor de bastringue, il se levait pour parler, ce n'était plus qu'une ombre blafarde, d'où sortait une voix faible que couvraient la fumée des pipes et les rumeurs des citoyens. Il rappelait son passé. Il était, disait-il, un vieux lutteur. Il défendait la République. Cela aussi coulait sans bruit et sans nul écho sonore. Les électeurs des Grandes-Écuries voulaient que la République fût défendue par Joseph Lacrisse, qui avait conspiré contre elle. C'était leur idée.

Les réunions n'étaient pas contradictoires. Une fois seulement, Raimondin fut invité à se rendre à une réunion nationaliste. Il y vint ; mais il ne put parler et il fut flétri par un ordre du jour voté dans le tumulte et l'obscurité, le propriétaire ayant coupé le gaz lorsque l'on commençait à briser les banquettes. Les réunions, aux Grandes-Écuries comme dans tous les quartiers de Paris, furent tumultueuses médiocrement. On y déploya de part et d'autre la molle violence propre à ce temps, et qui est le caractère le plus sensible de nos mœurs politiques. Les nationalistes y jetèrent, selon l'usage, ces injures monotones dans lesquelles les noms de vendu, de traître et d'infâme prennent un air de faiblesse et de langueur. Les cris qu'on y poussa témoignaient d'un extrême affaiblissement physique et moral, d'un vague mécontentement uni à une profonde stupeur et d'une inaptitude définitive à penser les choses les plus simples. Beaucoup d'invectives et peu de rixes. C'est à peine s'il y eut chaque nuit deux ou trois blessés ou contus, dans les deux partis. On portait ceux de Lacrisse chez Delapierre, pharmacien nationaliste, à côté du manège, et ceux de Raimondin chez Job, pharmacien radical, vis-à-vis du marché. Et à minuit, il n'y avait plus personne dans les rues.

Le dimanche, 6 mai, à six heures, Joseph Lacrisse, entouré de ses amis, attendait le résultat du scrutin dans une boutique à louer, décorée d'affiches et de drapeaux. C'était le siège du Comité. M. Bonnaud, charcutier, vint lui annoncer qu'il était élu par deux mille trois cent neuf voix contre mille cinq cent quatorze données à M. Raimondin.

— Citoyen, lui dit Bonnaud, nous sommes bien contents. C'est une victoire pour la République.

— Et pour les honnêtes gens, répondit Lacrisse.

Il ajouta avec une bienveillance pleine de dignité :

— Je vous remercie, monsieur Bonnaud, et je vous prie de remercier en mon nom nos vaillants amis.

Puis, se tournant vers Henri Léon qui se tenait à son côté :

— Léon, lui dit-il à l'oreille, rendez-moi un service, je vous prie : télégraphiez tout de suite à Monseigneur notre succès.

Cependant des cris partaient de la rue joyeuse :

— Vive Déroulède ! Vive l'Armée ! Vive la République ! A bas les traîtres ! A bas les juifs !

Lacrisse se jeta en voiture au milieu des acclamations. La foule barrait la rue. Le baron israélite Golsberg se tenait à la portière. Il saisit la main du nouveau conseiller municipal.

— J'ai voté pour vous, monsieur Lacrisse. Vous entendez, j'ai voté pour vous. Parce que, je vais vous dire, l'antisémitisme, c'est une blague — je le sais bien, et vous le savez comme moi — une pure blague, tandis que le socialisme, c'est sérieux.

— Oui, oui. Adieu ! monsieur Golsberg.

Mais le baron ne le lâchait point.

— Le socialisme, c'est le danger. Monsieur Raimondin faisait des concessions aux collectivistes. C'est pourquoi j'ai voté pour vous, monsieur Lacrisse.

Cependant la foule criait :

— Vive Déroulède ! Vive l'Armée ! A bas les dreyfusards ! A bas Raimondin ! Mort aux juifs !

Le cocher parvint à fendre le flot des électeurs.

Joseph Lacrisse trouva madame de Bonmont chez elle, seule, émue, triomphante.

Elle savait déjà.

— Élu ! lui dit-elle, le regard au ciel et les bras ouverts.

Et ce nom d'élu, sur les lèvres d'une dame si pieuse, prenait un sens mystique.

Elle le pressa dans ses beaux bras :

— Ce dont je suis le plus heureuse, c'est que tu me dois ton élection.

Elle n'y avait pas contribué de ses deniers. Les fonds, certes, n'avaient pas manqué, et le candidat nationaliste avait puisé à plus d'une caisse. Mais la tendre Élisabeth n'avait rien donné, et Joseph Lacrisse ne comprenait pas ce qu'elle voulait dire. Elle s'expliqua :

— J'ai fait brûler tous les jours un cierge à saint Antoine. C'est pourquoi tu as eu ta majorité. Saint Antoine accorde tout ce qu'on lui demande. Le Père Adéodat me l'a affirmé et j'en ai fait l'expérience plusieurs fois.

Elle le couvrit de baisers. Et une idée lui vint, qu'elle trouvait belle et rappelant les usages de la chevalerie. Elle lui demanda :

— Mon ami, les conseillers municipaux portent une écharpe, n'est-ce pas ? Ces écharpes sont brodées, dis ?... Je veux t'en broder une...

Il était très fatigué. Il tomba accablé dans un fauteuil. Mais elle, agenouillée à ses pieds, murmura :

— Je t'aime !

Et la nuit seule entendit le reste.

Ce même soir, Anselme Raimondin apprit le résultat de l'élection dans son petit logement « d'enfant du quartier », comme il disait. Il y avait sur la table de la salle à manger une douzaine de litres de vin et un pâté froid. Son échec l'étonna.

— Je m'y attendais, dit-il.

Et il fit une pirouette. Il la fit mal et se tordit le pied.

— C'est ta faute, lui dit en manière de consolation le

docteur Maufle, président de son Comité, vieux radical à face de Silène. Tu as laissé empoisonner le quartier par les nationalistes ; tu n'as pas eu le courage de les combattre Tu n'as rien tenté pour dévoiler leurs mensonges. Au contraire, tu as, comme eux, avec eux, entretenu toutes les équivoques. Tu savais la vérité, tu n'as pas osé détromper les électeurs quand il en était temps encore. Tu as été lâche. Tu es battu, c'est bien fait !

Anselme Raimondin haussa les épaules.

— Tu es un vieil enfant, Maufle. Tu ne comprends pas le sens de cette élection. Il est pourtant bien clair. Mon échec n'a qu'une cause : le mécontentement des petits boutiquiers écrasés entre les grands magasins et les sociétés coopératives. Ils souffrent ; ils m'ont fait payer leurs souffrances. Voilà tout.

Et avec un pâle sourire :

— Ils seront bien attrapés !

24

M. BERGERET rencontrant dans une allée du Luxembourg MM. Goubin et Denis, ses élèves :

— J'ai, dit-il, une heureuse nouvelle à vous annoncer, messieurs. La paix de l'Europe ne sera pas troublée. Les Trublions eux-mêmes m'en ont donné l'assurance.

Et voici ce que conta M. Bergeret :

— J'ai rencontré Jean Coq, Jean Mouton, Jean Laiglon et Gilles Singe qui, à l'Exposition, épiaient le craquement des passerelles. Jean Coq s'approcha de moi et m'adressa ces paroles sévères :

» — Monsieur Bergeret, vous avez dit que nous voulions la guerre et que nous la ferions, que je débarquerais à Douvres, que j'occuperais militairement Londres avec Jean Mouton, et que je prendrais ensuite Berlin et diverses autres capitales. Vous l'avez dit ; je le sais. Vous l'avez dit méchamment, pour nous nuire, en faisant croire aux Français que nous sommes belliqueux. Or, sachez, monsieur, que cela est faux. Nous n'avons point de sentiments guerriers ; nous avons des sentiments militaires — ce qui est tout autre chose. Nous voulons la paix, et, quand nous aurons établi en France la République impériale, nous ne ferons pas la guerre.

» Je répondis à Jean Coq que j'étais prêt à le croire ; qu'au surplus je voyais bien que je m'étais trompé et que mon erreur était manifeste, que Jean Coq, Jean Mouton, Jean Laiglon, Gilles Singe et tous les Trublions avaient suffisamment montré leur amour de la paix en se défendant de partir pour la Chine, où ils étaient conviés par de belles affiches blanches.

» — J'ai senti dès lors, ajoutai-je, toute la civilité de vos sentiments militaires et la force de votre attachement à la patrie. Vous n'en sauriez quitter le sol. Je vous prie, monsieur Coq, d'agréer mes excuses. Je me réjouis de vous voir pacifique comme moi.

» Jean Coq me regarda de cet œil qui fait trembler le monde :

» — Je suis pacifique, monsieur Bergeret. Mais, Dieu merci ! je ne le suis pas comme vous. La paix que je veux n'est pas la vôtre. Vous vous contentez bassement de la paix qui nous est imposée aujourd'hui. Nous avons l'âme trop haute pour la supporter sans impatience. Cette paix molle et tranquille, dont vous êtes satisfait, offense cruellement la fierté de nos cœurs. Quand nous serons les maîtres, nous en ferons une autre. Nous ferons une paix terrible, éperonnée et sonore, équestre ! Nous ferons une paix implacable et farouche, une paix menaçante, horrible, flamboyante et digne de nous, grondante, tonnante, fulgurante, qui lancera des éclairs ; une paix qui, plus épouvantable que la plus épouvantable guerre, glacera d'effroi l'univers et fera périr tous les Anglais par inhibition. Voilà, monsieur Bergeret, voilà comment nous serons pacifiques. Dans deux ou trois mois, vous verrez éclater notre paix : elle embrasera le monde.

» Je fus bien forcé, après ce discours, de reconnaître que les Trublions étaient pacifiques, et ainsi me fut confirmée la vérité de cet oracle écrit par la sibylle de Panzoust sur une feuille de sycomore antique :

Toi qui de vent te repais,
Trublion, ma petite outre,
Si vraiment tu veux la paix,
Commence par nous la f...

25

Le salon de madame de Bonmont était singulièrement animé et brillant depuis la victoire des nationalistes à Paris et l'élection de Joseph Lacrisse aux Grandes-Écuries. La veuve du grand baron réunissait chez elle la fleur du parti nouveau. Un vieux rabbin du faubourg Saint-Antoine croyait que la douce Élisabeth avait attiré à elle les ennemis du peuple saint par un décret spécial du Dieu d'Israël. La main, pensait-il, qui mit la nièce de Mardochée dans le lit d'Assuérus s'était plu à rassembler les chefs de l'antisémitisme et les princes des Trublions autour d'une juive. Il est vrai que la baronne avait abjuré la foi de ses pères. Mais qui peut pénétrer les desseins d'Iaveh ? Aux yeux des artistes qui, comme Frémont, se rappelaient les figures mythologiques des palais allemands, sa grasse beauté d'Erigone viennoise semblait l'allégorie des vendanges nationalistes.

Ses dîners avaient un air de joie et de puissance, et chez elle le moindre déjeuner prenait un caractère vraiment national. C'est ainsi que, ce matin-là, elle avait réuni à sa table plusieurs illustres défenseurs de l'Église et de l'armée. Henri Léon, vice-président des Comités royalistes du Sud-Ouest, qui venait d'adresser des félicitations aux élus nationalistes de Paris. Le capitaine de Chalmot, fils du général Cartier de Chalmot, et sa jeune femme, Américaine, qui exprimait dans les salons ses sentiments nationalistes en un tel gazouillis qu'on croyait, à l'entendre, que les oiseaux des volières prenaient part à nos querelles. M. Tonnellier, professeur suspendu de cinquième au lycée Sully ; on sait que M. Tonnellier, convaincu d'avoir fait à ses jeunes élèves l'apologie d'un attentat commis sur la personne de M. le Président de la République, avait été frappé d'une peine disciplinaire et tout aussitôt reçu dans le meilleur monde, où il se tenait bien, à cela près qu'il faisait des jeux de mots. Frémont, ancien communard, inspecteur des beaux-arts, qui, sur le déclin de l'âge, s'accommodait à merveille de la société bourgeoise et capitaliste, fréquentait assidûment les juifs riches, gardiens des trésors de l'art chrétien, et aurait volontiers vécu sous la dictature d'un cheval, pourvu qu'il caressât, toute la journée, de ses mains délicates, des bibelots d'une matière précieuse et d'un fin travail. Le vieux comte Davant, teint ciré, verni, toujours beau, un peu morose, remémorant l'âge d'or des juifs, quand il fournissait aux grands financiers fastueux des meubles de Riesener et des bronzes de Thomyre. Rabatteur du baron, il lui avait procuré pour quinze millions d'objets d'art et d'ameublement. Aujourd'hui, ruiné par des spéculations malheureuses, il vivait parmi les fils, regrettant les pères, chagrin, amer, parasite des plus insolents, sachant que ce sont les seuls qui se fassent supporter. Elle avait aussi à sa table Jacques de Cadde, un des promoteurs de la souscription Henry, Philippe Dellion, Astolphe de Courtrai, Joseph Lacrisse, Hugues Chassons des Aigues, président du Comité nationaliste de la Celle-Saint-Cloud, et Jambe-d'Argent, en veste et culotte de serpillière, au bras le brassard blanc à fleurs de lis d'or, très chevelu sous son chapeau rond, que jamais il ne quittait, non plus que son chapelet de noyaux d'olives. C'était un chansonnier de Montmartre, nommé Dupont, qui, s'étant fait chouan, était reçu dans le meilleur monde. Il y mangeait sur le pouce, un vieux fusil à pierre entre les jambes, et il y buvait sec. Depuis l'Affaire, un nouveau classement s'est fait dans la haute société française.

Le jeune baron Ernest tenait, en face de sa mère, la place du maître de la maison.

La conversation vint à rouler sur la politique.

— Vous avez tort, dit Jacques de Cadde à Philippe Dellion, croyez-moi, vous avez tort de ne pas travailler le coup du père François... On ne sait pas ce qui peut arriver... après l'Exposition... Et du moment que nous faisons des réunions publiques...

— Il y a une chose vraie, dit Astolphe de Courtrai. C'est que, pour avoir de bonnes élections dans vingt mois, il faut se préparer à faire campagne. Je vous réponds que, moi, je serai prêt. Je travaille tous les jours la boxe et le bâton.

— Quel est votre professeur? demanda Philippe Dellion.

— Gaudibert. Il a perfectionné la boxe française. C'est étonnant! Il a des coups de savate exquis, et bien à lui... C'est un professeur de premier ordre, qui comprend l'importance capitale de l'entraînement.

— L'entraînement, tout est là, dit Jacques de Cadde.

— Bien sûr, reprit Astolphe de Courtrai. Et Gaudibert a des méthodes supérieures d'entraînement, tout un système basé sur l'expérience : massages, frictions, régime diététique précédant une alimentation substantielle. Sa devise est « Contre la graisse, pour le muscle ». Et il vous obtient, en six mois, mes amis, un coup de poing d'une élasticité... et un coup de pied d'une souplesse...

Madame de Chalmot demanda :

— Est-ce que vous ne pouvez pas jeter en bas cet insipide ministère?

Et à la seule idée du cabinet Waldeck, elle secouait avec indignation sa jolie tête de petit Samuel.

— Ne vous inquiétez donc pas, madame, dit Lacrisse. Ce ministère sera remplacé par un autre tout pareil.

— Un autre ministère de dépense républicaine, dit M. Tonnellier. La France sera ruinée.

— Oui, dit Léon, un autre ministère tout pareil à

celui-ci. Mais le nouveau déplaira moins, ce ne sera plus le ministère de l'Affaire. Il nous faudra, avec tous nos journaux, mener une campagne de six semaines au moins, pour le rendre odieux.

— Êtes-vous allée, madame, au Petit Palais? demanda Frémont à la baronne.

Elle répondit qu'oui et qu'elle y avait vu de belles boîtes et de jolis carnets de bal.

— Émile Molinier, reprit l'inspecteur des beaux-arts, a organisé une admirable exposition de l'art français. Le moyen âge y est représenté par les monuments les plus précieux. Le XVIIIe siècle y figure honorablement, mais il reste de la place encore. Vous, madame, qui possédez des trésors d'art, ne nous refusez pas l'aumône de quelque chef-d'œuvre.

Il est vrai que le grand baron avait laissé des trésors d'art à sa veuve. Le comte Davant avait fait pour lui des rafles dans les châteaux de province et tiré, par toute la France, sur les bords de la Somme, de la Loire et du Rhône, à des gentilshommes moustachus, ignares et besogneux, les portraits des ancêtres, les meubles historiques, dons des rois à leurs maîtresses, souvenirs augustes de la monarchie, gloire des plus illustres familles. Elle avait dans son château de Montil et dans son hôtel de l'avenue Marceau des ouvrages des plus fameux ébénistes français et des plus grands ciseleurs du XVIIIe siècle : commodes, médailliers, secrétaires, horloges, pendules, flambeaux, et des tapisseries exquises, aux couleurs mourantes. Mais bien que Frémont et, avant lui, Terremondre l'eussent priée d'envoyer quelques meubles, des bronzes, des tentures, à l'exposition rétrospective, elle s'y était toujours refusée. Vaine de ses richesses et désireuse de les étaler, elle n'avait, cette fois, rien voulu prêter. Joseph Lacrisse l'encourageait dans ce refus : « Ne donnez donc rien à leur Exposition. Vos objets seront volés, brûlés. Sait-on seulement s'ils parviendront à organiser leur foire internationale? Il vaut mieux n'avoir pas affaire à ces gens-là. »

Frémont, qui avait déjà essuyé plusieurs refus, insista :

— Vous, madame, qui possédez de si belles choses, et qui êtes si digne de les posséder, montrez-vous ce que vous êtes, libérale, généreuse et patriote, car il s'agit de patriotisme. Envoyez au Petit Palais votre meuble de Riesener, décoré de sèvres en pâte tendre. Avec ce meuble, vous ne craindrez pas de rivaux. Car il n'y a son pareil qu'en Angleterre. Nous mettrons dessus vos vases en porcelaine, qui proviennent du Grand Dauphin, ces deux merveilleuses potiches en céladon, montées en bronze par Caffieri. Ce sera éblouissant !...

Le baron Davant arrêta Frémont :

— Ces montures, dit-il avec un ton de sagesse attristée, ne sont pas de Philippe Caffieri. Elles sont marquées d'un C surmonté d'une fleur de lis. C'est la marque de Cressent. On peut l'ignorer. Mais il ne faut pas dire le contraire.

Frémont reprit ses supplications :

— Madame, montrez votre magnificence, ajoutez à cet envoi votre tenture de Leprince, *la Fiancée moscovite.* Et vous vous assurerez des droits à la reconnaissance nationale.

Elle était près de céder. Avant de consentir, elle interrogea du regard Joseph Lacrisse, qui lui dit :

— Envoyez-leur votre XVIIIe siècle, puisqu'ils en manquent.

Puis, par déférence pour le comte Davant, elle lui demanda ce qu'il fallait faire.

Il lui répondit :

— Faites ce que vous voudrez. Je n'ai pas de conseils à vous donner. Envoyez ou n'envoyez pas vos meubles à l'Exposition, ce sera tout un. Rien ne fait rien, comme disait mon vieil ami Théophile Gautier.

— Ça y est ! pensa Frémont. Je vais tout à l'heure aller annoncer au ministère que j'ai décroché la collection Bonmont. Cela vaut bien la rosette.

Et il sourit intérieurement. Ce n'est pas qu'il fût un

sot. Mais il ne méprisait pas les distinctions sociales, et il trouvait piquant qu'un condamné de la Commune fût officier de la Légion d'honneur.

— Il faut pourtant, dit Joseph Lacrisse, que je prépare le discours que je prononcerai dimanche au banquet des Grandes-Écuries.

— Oh ! soupira la baronne, ne vous donnez pas de peine. C'est inutile. Vous improvisez si merveilleusement !...

— Et puis, mon cher, dit Jacques de Cadde, ce n'est pas difficile de parler aux électeurs.

— Ce n'est pas difficile, si vous voulez, reprit l'élu Lacrisse, mais c'est délicat. Nos adversaires crient que nous n'avons pas de programme. C'est une calomnie ; nous avons un programme, mais...

— La chasse à la perdrix, voilà le programme, messieurs, dit Jambe-d'Argent.

— Mais l'électeur, poursuivit Joseph Lacrisse, est plus complexe qu'on ne se le figure tout d'abord. Ainsi, moi, j'ai été élu aux Grandes-Écuries, par les monarchistes naturellement, et par les bonapartistes, et aussi par les... comment dirai-je ? par les républicains qui ne veulent plus de la République, mais qui sont républicains tout de même. C'est un état d'esprit qui n'est pas rare à Paris, dans le petit commerce. Ainsi le charcutier qui est le président de mon Comité me le crie à plein gosier : « La République des républicains, je n'en veux plus. Si je pouvais, je la ferais sauter, dussé-je sauter avec. Mais la vôtre, monsieur Lacrisse, je me ferais tuer pour elle... » Sans doute il y a un terrain d'entente. « Groupons-nous autour du drapeau... Ne laissons pas attaquer l'armée... Sus aux traîtres qui, soudoyés par l'étranger, travaillent à énerver la défense nationale... » Ça, c'est un terrain.

— Il y a aussi l'antisémitisme, dit Henri Léon.

— L'antisémitisme, répondit Joseph Lacrisse, réussit très bien aux Grandes-Écuries, parce qu'il y a dans le quartier beaucoup de juifs riches qui font campagne avec nous.

— Et la campagne antimaçonnique ! s'écria Jacques de Cadde, qui était pieux.

— Nous sommes tous d'accord aux Grandes-Écuries pour combattre les francs-maçons, répondit Joseph Lacrisse. Ceux qui vont à la messe leur reprochent de n'être pas catholiques. Les socialistes nationalistes leur reprochent de n'être pas antisémites. Et toutes nos réunions sont levées sur le cri mille fois répété de : « A bas les francs-maçons ! » Sur quoi le citoyen Bissolo s'écrie : « A bas la calotte ! » Il est aussitôt frappé, renversé, foulé aux pieds par nos amis et traîné au poste par les agents. L'esprit est excellent aux Grandes-Écuries. Mais il y a des idées fausses à détruire. Le petit-bourgeois ne comprend pas encore que seule la monarchie peut faire son bonheur. Il ne sent pas encore qu'il se grandit en s'inclinant devant l'Église. Le boutiquier a été empoisonné par les mauvais livres et les mauvais journaux. Il est contre les abus de clergé et l'ingérence des prêtres dans la politique. Beaucoup de mes électeurs eux-mêmes se disent anticléricaux.

— Vraiment ! s'écria madame la baronne de Bonmont attristée et surprise.

— Madame, dit Jacques de Cadde, c'est la même chose en province. Et j'appelle cela être contre la religion. Qui dit anticlérical dit antireligieux.

— Ne nous le dissimulons pas, reprit Lacrisse : il nous reste encore beaucoup à faire. Par quels moyens ? C'est ce qu'il faut rechercher.

— Moi, dit Jacques de Cadde, je suis pour les moyens violents.

— Lesquels ? demanda Henri Léon.

Il y eut un silence et Henri Léon reprit :

— Nous avons remporté des succès prodigieux. Mais Boulanger aussi avait remporté des succès prodigieux. Il s'est usé.

— On l'a usé, dit Lacrisse. Mais nous n'avons pas à craindre qu'on nous use de même. Les républicains, qui se sont très bien défendus contre lui, se défendent très mal contre nous.

— Aussi, dit Léon, ce ne sont pas nos ennemis, ce sont nos amis que je crains. Nous avons des amis à la Chambre. Qu'est-ce qu'ils fichent ? Ils n'ont pas pu nous donner seulement une bonne petite crise ministérielle compliquée d'une bonne petite crise présidentielle.

— C'eût été désirable, dit Lacrisse. Mais ce n'était pas possible. Si ç'avait été possible, Méline l'aurait fait. Il faut être juste. Méline fait ce qu'il peut.

— Alors, dit Léon, nous attendrons patiemment que les républicains du Sénat et de la Chambre nous cèdent la place. C'est votre avis, Lacrisse ?

— Ah ! soupira Jacques de Cadde, je regrette le temps où l'on se cognait. C'était le bon temps.

— Il peut revenir, dit Henri Léon.

— Croyez-vous ?

— Dame ! si nous le ramenons.

— C'est vrai !

— Nous sommes le nombre, comme dit le général Mercier. Agissons.

— Vive Mercier ! cria Jambe-d'Argent.

— Agissons, poursuivit Henri Léon. Ne perdons pas de temps. Et surtout prenons garde de nous refroidir. Le nationalisme veut être avalé chaud. Tant qu'il est bouillant, c'est un cordial. Froid, c'est une drogue !

— Comment ! une drogue ? demanda sévèrement Lacrisse.

— Une drogue salutaire, un remède efficace, une bonne médecine. Mais que le malade n'avalera pas avec plaisir, ni volontiers... Il ne faut pas laisser reposer la mixture. Agitez le flacon avant de verser, selon le précepte du sage pharmacien. En ce moment, notre mixture nationaliste, bien secouée, est d'un beau rose agréable à voir, et d'une saveur légèrement acide qui flatte le palais. Si nous laissons reposer la bouteille, la liqueur perdra beaucoup en coloration et en saveur. Elle déposera. Le meilleur ira au fond, les parties de monarchie et de religion qui entrent dans sa composition se fixeront au culot. Le malade, défiant, en laissera les trois quarts dans la fiole. Agitez, messieurs, agitez.

— Qu'est-ce que je vous disais ! s'écria le jeune de Cadde.

— Agiter, c'est facile à dire. Encore faut-il le faire à propos. Sans quoi on risque de mécontenter l'électeur, objecta Lacrisse.

— Oh ! dit Léon, si vous songez à votre réélection !...

— Qui vous dit que j'y songe ? Je n'y songe pas.

— Vous avez raison, il ne faut pas prévoir les malheurs de si loin.

— Comment ? les malheurs ! Vous croyez que mes électeurs changeront ?

— Je crains, au contraire, qu'ils ne changent pas. Ils étaient mécontents, et ils vous ont élu. Ils seront mécontents encore dans quatre ans. Et cette fois ce sera de vous... Voulez-vous un conseil, Lacrisse ?

— Donnez toujours.

— Vous avez été nommé par deux mille électeurs ?

— Deux mille trois cent neuf.

— Deux mille trois cent neuf... On ne peut pas contenter deux mille trois cent neuf personnes. Mais il ne faut pas seulement s'attacher au nombre, il faut aussi regarder à la qualité. Vous avez parmi vos électeurs un assez gros paquet de républicains anticléricaux, petits commerçants, petits employés. Ce ne sont pas les plus intelligents.

Lacrisse, qui était devenu un homme sérieux, répondit avec lenteur et gravité :

— Je vais vous expliquer. Ils sont républicains, mais ils sont avant tout patriotes. Ils ont voté pour un patriote qui ne pensait pas comme eux, qui était d'un avis différent du leur sur des questions qu'ils jugeaient secondaires. Leur conduite est parfaitement honorable, et je pense que vous n'hésitez pas à l'approuver.

— Certainement, je l'approuve, Mais nous pouvons dire, entre nous, qu'ils ne sont pas très forts.

— Pas très forts !... reprit Lacrisse amèrement, pas

très forts... Je ne vous dis pas qu'ils sont aussi forts que...

Il chercha dans son esprit le nom d'un homme fort, mais soit qu'il n'en connût pas parmi ses amis, soit que sa mémoire ingrate lui refusât le nom qu'il voulait, soit qu'une naturelle malveillance lui fît repousser les exemples qui lui venaient à l'esprit, il n'acheva pas sa phrase, et il reprit avec un peu d'humeur :

— Enfin, je ne vois pas pourquoi vous les débinez.

— Je ne les débine pas. Je dis qu'ils sont moins intelligents que vos électeurs monarchistes et catholiques qui ont marché pour vous avec les bons Pères. Ceux-là, ils savaient ce qu'ils faisaient. Eh bien ! votre intérêt, comme votre devoir, est de travailler pour eux, d'abord parce qu'ils pensent comme vous et ensuite parce qu'on ne les trompe pas, les bons Pères, tandis qu'on trompe les imbéciles.

— Erreur ! profonde erreur ! s'écria Joseph Lacrisse. On voit bien, mon cher, que vous ne connaissez pas l'électeur. Je le connais, moi ! Les imbéciles ne sont pas plus faciles à tromper que les autres. Ils se trompent, c'est vrai. Ils se trompent à chaque instant. Mais on ne les trompe pas...

— Si ! si ! on les trompe, seulement il faut savoir s'y prendre.

— N'en croyez rien, répondit Lacrisse avec sincérité.

Puis, se ravisant :

— D'ailleurs, je ne veux pas les tromper.

— Qui vous parle de les tromper ? il faut les satisfaire. Et vous le pouvez à peu de frais. Vous ne voyez pas assez le Père Adéodat. C'est un homme de bon conseil, et si modéré ! Il vous dira avec son fin sourire, les mains dans ses manches : « Monsieur le conseiller, gardez, contentez votre majorité. Nous ne serons pas offensés çà et là d'un vote sur l'imprescriptibilité des droits de l'homme et du citoyen, ou même contre l'ingérence du clergé dans le gouvernement. Pensez en séance publique à vos électeurs républicains, et soyez à nous dans les commissions. C'est là, dans la paix et le silence, qu'on fait de bonne besogne. Que la majorité du Conseil se montre parfois anticléricale, c'est un mal que nous supporterons avec patience. Mais il importe que les grandes commissions soient profondément religieuses. Elles seront plus puissantes que le Conseil lui-même, parce qu'une minorité active et compacte l'emporte toujours sur une majorité inerte et confuse. »

» Voilà, mon cher Lacrisse, ce que vous dira le Père Adéodat. Il est admirable de patience et de sérénité. Quand nos amis viennent lui dire en frémissant : « Oh ! mon Père ! quelles abominations nouvelles préparent les francs-maçons ! le stage scolaire, l'article 7, la loi sur les associations, ce sont des horreurs ! » le bon Père sourit et ne répond rien. Il ne répond rien, mais il pense : « Nous en avons vu d'autres. Nous avons vu 89 et 93, la suppression des communautés religieuses et la vente des biens ecclésiastiques. Et jadis, sous la monarchie très chrétienne, croit-on quc nous avons gardé et accru nos biens sans efforts et sans luttes ? C'est mal connaître l'histoire de France. Nos grasses abbayes, nos villes et villages, nos serfs, nos prairies et nos moulins, nos bois et nos étangs, nos justices et nos juridictions, nous ont été sans cesse disputés par de puissants ennemis, seigneurs, évêques et rois. Nous avions à défendre, à main armée ou devant les tribunaux, un jour, un pré, une route, le lendemain, un château, un gibet. Pour soustraire nos richesses à la cupidité du pouvoir laïque, il nous fallait à tout moment produire ces vieilles chartes de Clotaire et de Dagobert que la science impie, enseignée aujourd'hui dans les écoles du gouvernement, argue de faux. Nous avons plaidé pendant dix siècles contre les gens du Roi. Il n'y a que trente ans que nous plaidons contre la justice de la République. Et l'on croit que nous sommes las ! Non, nous ne sommes ni effrayés ni découragés. Nous avons de l'argent et des immeubles. C'est le bien des pauvres. Pour le conserver et le multiplier, nous comptons sur deux secours qui ne nous feront pas défaut : la protection du Ciel et l'impuissance parlementaire. »

» Telles sont les pensées qui se forment harmonieusement sous le crâne luisant du Père Adéodat. Lacrisse, vous avez été le candidat du Père Adéodat. Vous êtes son élu. Voyez-le. C'est un grand politique. Il vous donnera de bons conseils. Vous apprendrez de lui à contenter le charcutier qui est républicain et à charmer le marchand de parapluies qui est libre penseur. Voyez le Père Adéodat, voyez-le sans cesse et le revoyez.

— J'ai plusieurs fois causé avec lui, dit Joseph Lacrisse. Il est en effet très intelligent. Ces bons Pères se sont enrichis avec une rapidité surprenante. Ils font beaucoup de bien dans le quartier.

— Beaucoup de bien, reprit Henri Léon. Tout l'énorme quadrilatère compris entre la rue des Grandes-Écuries, le manège, l'hôtel du baron Golsberg et le boulevard extérieur leur appartient. Ils réalisent patiemment un plan gigantesque. Ils ont entrepris d'élever en plein Paris, dans votre circonscription, mon cher, une autre Lourdes, une immense basilique, qui attirera, chaque année, des millions de pèlerins. En attendant ils construisent sur leurs vastes terrains des maisons de rapport.

— Je le sais bien, dit Lacrisse.

— Je le sais aussi, dit Frémont. Je connais leur architecte. C'est Florimond, un homme extraordinaire. Vous savez que les bons Pères organisent des tournées de pèlerinage en France et à l'étranger. Florimond, les cheveux incultes et la barbe vierge, accompagne les pèlerins dans leurs visites aux cathédrales. Il s'est fait la tête d'un maître maçon du XIIIe siècle. Il contemple les tours et les clochers avec des yeux extatiques. Il explique aux dames l'arc en tiers-point et la Symbolique chrétienne. Il montre, au cœur de la grande rose des portails, Marie, fleur de l'arbre de Jessé. Il calcule la résistance des murs avec des larmes, des soupirs et des prières. A la table d'hôte, qui réunit les moines et les pèlerins, son visage et ses mains, encore tout gris des vieilles pierres qu'il a embrassées, attestent sa foi d'artisan catholique. Il dit son rêve : « Apporter, humble ouvrier, sa pierre au nouveau sanctuaire qui « durera autant que le monde ». Et, rentré à Paris, il bâtit des maisons ignobles, des immeubles de rapport avec de mauvais plâtras et des briques creuses posées de champ, de misérables bâtisses qui ne dureront pas vingt ans.

— Mais, dit Henri Léon, elles ne doivent pas durer vingt ans. Ce sont les immeubles des Grandes-Écuries dont je parlais tout à l'heure, et qui feront place un jour à la grande basilique de Saint-Antoine et à ses dépendances, à toute une cité religieuse qui naîtra dans une quinzaine d'années. Avant quinze ans, les bons Pères posséderont tout le quartier de Paris qui a élu notre ami Lacrisse.

Madame de Bonmont se leva et prit le bras du comte Davant.

— Vous comprenez, je n'aime pas à me séparer de mes affaires... Des objets prêtés courent des risques... On a des ennuis... Mais du moment que c'est dans l'intérêt national... Le pays avant tout. Vous choisirez avec monsieur Frémont ce qu'il faudra exposer.

— C'est égal, dit Jacques de Cadde en quittant la table, vous avez tort, Dellion, de ne pas travailler le coup du père François.

On prit le café dans le petit salon.

Jambe-d'Argent, chansonnier chouan, se mit au piano. Il venait d'ajouter à son répertoire quelques chansons royalistes de la Restauration avec lesquelles il comptait bien se faire un joli succès dans les salons.

Il chanta, sur l'air de *la Sentinelle* :

Au champ d'honneur frappé d'un coup mortel,
Le preux Bayard, dans l'ardeur qui l'enflamme,
Fier de périr pour le sol paternel,
Avec ivresse exhalait sa grande âme :
Ah ! sans regret je puis mourir ;
Mon sort, dit-il, sera digne d'envie,
Puisque jusqu'au dernier soupir,
Sans reproche j'ai pu servir
Mon roi, ma belle et ma patrie.

Chassons des Aigues, président du Comité d'action nationaliste, s'approcha de Joseph Lacrisse :

— Mon cher conseiller, décidément, faisons-nous quelque chose le 14 Juillet ?

— Le Conseil, répondit gravement Lacrisse, ne peut pas organiser un mouvement d'opinion. Ce n'est pas dans ses attributions ; mais si des manifestations spontanées se produisent...

— Le temps presse, le péril grandit, répliqua Chassons des Aigues, qui s'attendait à être exécuté à son cercle, et contre qui une plainte en escroquerie était déposée au Parquet. Il faut agir.

— Ne vous énervez pas, dit Lacrisse. Nous sommes le nombre et nous avons l'argent.

— Nous avons l'argent, répéta Chassons des Aigues, pensif.

— Avec le nombre et l'argent, on fait les élections, poursuivit Lacrisse. Dans vingt mois, nous prendrons le pouvoir, et nous le garderons vingt ans.

— Oui, mais d'ici là... soupira Chassons des Aigues, dont les yeux arrondis regardaient, pleins d'inquiétude, dans le vague de l'avenir.

— D'ici là, répondit Lacrisse, nous travaillerons la province. Nous avons déjà commencé.

— Il vaut mieux en finir tout de suite, déclara Chassons des Aigues avec l'accent d'une conviction profonde. Nous ne pouvons pas laisser à ce gouvernement de trahison le loisir de désorganiser l'armée et de paralyser la défense nationale.

— C'est évident, dit Jacques de Cadde. Suivez bien mon raisonnement. Nous crions : « Vive l'armée !... »

— Je te crois, dit le petit Dellion.

— Laissez-moi dire. Nous crions : « Vive l'armée ! » C'est notre cri de ralliement. Si le gouvernement se met à remplacer les généraux nationalistes par des généraux républicains, nous ne pouvons plus crier : « Vive l'armée ! »

— Pourquoi ? demanda le petit Dellion.

— Parce qu'alors ce serait crier : « Vive la République ! », ça crève les yeux !

— Ce n'est pas à craindre, dit Joseph Lacrisse. L'esprit des officiers est excellent. Si le ministère de trahison arrive à mettre dans le haut commandement un républicain sur dix, c'est tout le bout du monde.

— Ce sera déjà très désagréable, dit Jacques de Cadde. Car alors nous serons obligés de crier : « Vivent les neuf dixièmes de l'armée ! » Et pour un cri, c'est trop long.

— Soyez calme, dit Lacrisse, quand nous crions : « Vivre l'armée ! » on sait bien que ça veut dire : « Vive Mercier ! »

Jambe-d'Argent, au piano, chanta :

Vive le Roi ! Vive le Roi !
De nos vieux marins c'est l'usage,
Aucun d'eux ne pensait à soi,
Tout en succombant au naufrage,
Chacun criait avec courage :
Vive le Roi !

— Tout de même, dit Chassons des Aigues, le 14 Juillet, c'est un bon jour pour commencer le chambardement. La foule dans les rues, la foule électrisée, revenant de la revue et acclamant les régiments au passage !... Avec de la méthode, on peut faire beaucoup ce jour-là. On peut soulever les masses profondes.

— Vous vous trompez, dit Henri Léon. Vous méconnaissez la physiologie des foules. Le bon nationaliste qui revient de la revue tient un nourrisson dans ses bras, et il traîne un moutard par la main. Sa femme l'accompagne, portant un litre, du pain, et de la charcuterie dans un panier. Allez donc soulever un homme avec ses deux gosses, sa femme et le déjeuner de sa famille !... Et puis, voyez-vous, les foules sont inspirées par des associations d'idées très simples. Vous ne leur ferez pas faire une émeute un jour de fête. Les cordons de gaz et les feux de Bengale suggèrent aux foules des idées joyeuses et pacifiques. Le populaire voit devant les cabarets un carré de lanternes chinoises et une estrade drapée d'andrinople pour les musiciens ; et il ne pense qu'à danser. Si on veut faire un mouvement dans la rue, il faut saisir le moment psychologique.

— Je ne comprends pas, dit Jacques de Cadde.

— Il faudrait pourtant tâcher de comprendre, dit Henri Léon.

— Vous trouvez que je ne suis pas intelligent ?

— Quelle idée !

— Si vous le croyez, vous pouvez le dire : vous ne me fâcherez pas. Je ne pose pas pour l'esprit. Et puis j'ai remarqué que les hommes qu'on trouve intelligents combattent nos idées, nos croyances, qu'ils veulent détruire enfin tout ce que nous aimons. Aussi je serais bien désolé d'être ce qu'on appelle un homme intelligent. J'aime mieux être un imbécile et penser ce que je pense, croire ce que je crois.

— Vous avez bien raison, dit Léon. Nous n'avons qu'à rester ce que nous sommes. Et si nous ne sommes pas bêtes, il faut faire comme si nous l'étions. C'est encore la bêtise qui réussit le mieux en ce monde. Les hommes d'esprit sont des sots. Ils n'arrivent à rien.

— C'est bien vrai, ce que vous dites là, s'écria Jacques de Cadde.

Jambe-d'Argent chanta :

Vive le Roi ! ce cri de ralliement
Des vrais Français est le seul qui soit digne.
Vive le Roi ! de chaque régiment
Que ces trois mots soient la seule consigne.

— C'est égal ! dit Chassons des Aigues. Vous avez tort, Lacrisse, de repousser les moyens révolutionnaires ; ce sont les bons.

— Enfants !... dit Henri Léon ; nous n'avons qu'un moyen d'action, un seul, mais sûr, puissant, efficace.

C'est l'Affaire. Nous sommes nés de l'Affaire : nationalistes, ne l'oubliez pas. Nous avons grandi et prospéré par l'Affaire. Elle seule nous a nourris, elle seule nous sustente encore. C'est d'elle que nous tirons notre suc et notre aliment ; c'est elle qui nous fournit notre vivifique substance. Si, arrachée du sol, elle se dessèche et meurt, nous languissons et nous dépérissons.

» Feignons de l'extirper, mais élevons-la soigneusement, nourrissons-là, arrosons-la. Le public est simple ; il est prévenu en notre faveur. En nous voyant bêcher, gratter, racler autour de la plante nourricière, il croira que nous nous efforçons d'en arracher jusqu'à la dernière racine. Et il nous chérira, il nous bénira de notre zèle. Il n'imaginera jamais que nous la cultivons avec amour. Elle a refleuri en pleine Exposition. Et ce peuple candide ne s'est pas aperçu que c'était par nos soins.

Jambe-d'Argent chanta :

Puisque ici notre général
Du plaisir nous donn' le signal,
Mes amis, poussons à la vente ;
Si nous voulons bien le r'mercier,
Chantons, soldat, comme officier :
Moi,
Jarnigoi !
Je suis soldat du Roi,
J'm'en pique, j'm'en flatte et j'm'en vante

— C'est bien joli, cette chanson, murmura la baronne de Bonmont, les yeux mi-clos.

— Oui, dit Jambe-d'Argent en secouant sa rude crinière. Cela s'appelle *Cadet-Buteux enrégimenté ou le Soldat du Roi.* C'est un petit chef-d'œuvre. J'ai eu une bonne idée en exhumant ces vieilles chansons royalistes de la Restauration.

Moi,
Jarnigoi !
Je suis soldat du Roi.

Et tout à coup, abattant une main démesurée sur la queue du piano où il avait posé son chapelet et ses médailles :

— Nom de D..., Lacrisse, touchez pas à mon rosaire. Il est bénit par notre Saint-Père le pape.

— C'est égal, dit Chassons des Aigues, nous devons manifester dans la rue. La rue est à nous. Il faut qu'on le sache. Allons à Longchamp, le 14!...

— J'en suis, dit Jacques de Cadde.

— Moi aussi, j'en suis, s'écria Dellion.

— Vos manifestations, c'est idiot, dit le petit baron qui avait jusque-là gardé le silence.

Il était assez riche pour se dispenser d'appartenir à aucun parti politique.

Il ajouta :

— Le nationalisme commence à me raser.

— Ernest ! fit la baronne avec la douce sévérité d'une mère.

— C'est vrai, reprit Ernest, vos manifestations, c'est crevant.

Le petit Dellion, qui lui devait de l'argent, et Chassons des Aigues, qui voulait lui en emprunter, évitèrent de le heurter de front.

Chassons s'efforça de sourire, comme charmé par un trait d'esprit, et Dellion eut une parole de consentement.

— Je ne dis pas non. Mais qu'est-ce qui n'est pas crevant ?

Cette pensée inspira de profondes réflexions à Ernest, qui, après un moment de silence, dit avec un accent sincère de mélancolie :

— C'est vrai ! Tout est crevant...

Et, pensif, il ajouta :

— Ainsi les teuf-teuf, ça vous laisse en panne aux endroits où on ne voudrait pas. Ce n'est pas qu'on regrette d'arriver en retard... Pour ce qu'on trouve dans les endroits où l'on va... Mais je suis resté l'autre jour cinq heures entre Marville et Boulay. Vous connaissez pas cet endroit-là ? C'est avant d'arriver à Dreux. Pas une maison, pas un arbre, pas un pli de terrain. C'est plat, c'est jaune, c'est rond, avec une bête de ciel posé dessus comme une cloche à melons. On se fait vieux dans des localités pareilles... C'est égal, je vais essayer d'un nouveau système... soixante-dix kilomètres à l'heure... et moelleux... Venez-vous avec moi, Dellion ? je pars ce soir.

26

LES Trublions, dit M. Bergeret, m'inspirent le plus vif intérêt. Aussi n'est-ce point sans plaisir que j'ai découvert dans le livre assez précieux de Nicole Langelier, Parisien, un deuxième chapitre relatif à ces petits êtres. Vous souvient-il du premier, monsieur Goubin ?

M. Goubin répondit qu'il le savait par cœur.

— Je vous en loue, dit M. Bergeret. Car c'est bréviaire. Je vais tout de suite vous lire le chapitre deuxième, qui ne vous plaira pas moins que le précédent.

Et le maître lut ce qui suit ;

« *Du garbouil et grand tintamarre que menoient les Trublions et de une belle harangue que Robin Mielleux leur feict.*

» Lors faisoient les Trublions grant tintamarre par la ville, cité et université, chacun d'iceulx frappant avec cuiller à pot sur trublio, ce qui est à dire marmite de fer et casserole en françois, et estoit concert bien mélodieux. Et alloient gridant : « Mort aux traistres et marranes ! » Pendoient aussi ès murailles et lieux secrets et retraicts beaux petits escussons portant telles inscriptions que : « Mort aux marranes ! Achetez mie aux juifs ne aux lom bars ! Longue vie à Tintinnabule ! » Se armoient de armes à feu et armes blanches, car estoient gentilshommes. Cependant se accompagnoient aussi de Martin Baton et estoient si bons princes que frappoient des poings, ne desdaignant point jeux de villains. Tenoient propos seulement de fendre et pourfendre, et disoient en leur langaige et idiome bien idoine, très congru et correspondant à leur pensée, qui vouloient décerveler gens, ce qui est proprement tirer la cervelle hors la boette cranienne où elle gist par ordre et disposition de Nature. Et faisoient comme disoient, toutes et quantes fois qu'en avoient occasion. Et pour ce qu'estoient bien simples esprits, entendoient soi estre les bons et que hors d'eulx n'estoient nuls bons, ains tous mauvais, ce qui estoit ordonnance merveilleusement claire, distinction parfaicte et bel ordre de bataille.

» Et avoient par mi eulx belles et hautes dames, et mieux nippées, lesquelles très gracieusement, par blandices et mignardises, incitoient ces gallants Trublions à escarbouiller, descrouller, transpercer, subvertir et déconfire quiconque ne trublionnoit pas. N'en soyez esbahi, et reconnoissez à cela l'inclination naturelle des dames à cruelletés et violences et admiration du fier courage et vaillance guerrière, comme il se voit jà par les histoires anticques où il est conté que le dieu Mars fust aimé de Vénus ainsi que de deesses et de mortelles à foison, et que Apollo, au rebours, bien qu'il fust plaisant joueur de viole, ne reçut que desdains des nymphes et des chambrières.

» Et ne se tenoit, en la ville, conventicule, ni procession de Trublions, n'estoient festins ni obsèques de Trublions, que ung povre homme ou deux, ou davantage, ne fust assommé par eulx, et laissé demimort ou mort aux trois quarts, voire tout à fait, sur le pavé. Ce qui estoit bien merveilleuse chose. Estoit coutume que, les Trublions passés, cestuy qui, sur refus de trublionner, avoit été escarbouillé fust porté bien piteusement en civière ès bouticques et officines de ung apothicaire. Et pour cette raison, ou aultres, estoient les apothicaires de la ville du parti des Trublions.

» Or, estoit en ce temps la grande foire de Paris en France, insigne et plus ample que ne furent jamais les foires d'Aix-la-Chapelle et de Francfort, ni le Lendit, ni la belle foire de Beaucaire. Estoit ladite foire de Paris si copieuse et abondante en marchandises, ouvrages d'art et gentilles inventions, que un preud'homme nommé Cornely, qui avait jà beaucoup veu et n'estoit point badau, souloit dire qu'à la veüe, pratique et contemplation d'icelle, il perdoit le souci de son salut éternel et mêmement le boire et le manger. Les peuples estranges se pressoient dans la ville des Parisiens pour y prendre plaisir et y faire dépense. Rois et roitelets y venoient à l'envi, dont se rengorgeoient cocquebins et galloises, disant : « Ce nous est grand honneur. » Les marchands, du plus gros au moindre, Tout-profict et Gaigne-petit, les gens de metiers et industries, entendoient bien vendre force marchandises aux estrangiers venus en leur ville pour la foire. Les camelots et colporteurs déballoient toute la balle, les traicteurs et cabaretiers dressoient tables, et la ville entière estoit vrayment d'un bout à l'autre abondant marché et joyeux refectoire. Faut dire que les dicts marchands, non tous, mais la plus part, avaient goust des Trublions, que ils admiroient pour la grande force de gueule et les grands tours de bras d'iceulx, et n'estoit point jusqu'aux négocians et banquiers marranes qui ne les reguardassent avec respect et desir bien humble de n'estre point maltraités par eulx.

» Les amoient donc les gens de metier et marchands, mais amoient aussi naturellement leurs marchandises et gaigne-pain, et vinrent à craindre que par vives saillies, irruption soubdaine, ruades, pétarades et trublionnades, ne culbutassent leurs étals et menses ès quarrefours, jardins et boullevarts, et que aussi les dicts Trublions, par occisions furieuses et rapides, ne effrayassent les peuples estranges et les fissent fuir hors la ville, la bourse encore pleine. Vray de dire que ce dangier n'estoit pas grand. Les Trublions menaçoient horriblement et terriblement. Ains ils décroulloient gens en petit nombre, un, deux, trois à la fois, comme ai dict, et gens de la ville ; jamais ne attaquoient

Angloys ou Alemans, ne autres peuples, mais tant seulement concitoyens. Descroulloient en un lieu, et la ville estoit grande ; il n'y paraissoit guères. Ains possible estoit que ils y prissent goust, et voulussent subvertir davantage. Il ne sembloit point opportun qu'en ceste foire du monde et abondante frairie, feussent venus les Trublions grinçant des dents, roulant œils enflammés, serrant les poings, escartant les jambes et poussant abois rabiques et ululements lamentables, et doutoient les Parisiens que Trublions fissent en ce moment mal à propos ce que ils pouvoient faire sans inconvénient ne empeschement après la feste et négoce, sçavoir : assommer de ci de là ung povre diable.

» Lors commencèrent les citoyens à dire qu'il falloit soi apaiser et estoit la sentence publicque qu'il y eust paix dans la ville. Ce que les Trublions n'escoutoient que d'une oreille. Et répondoient : « Voire, mais vivre sans desconfire un ennemi ou tant seulement un incongneu, est-ce contentement ? Si laissons en repos les juifs ne gaignerons point le paradis. Faut-il nous croiser les bras ? Dieu a dict que devons labourer pour vivre. » Et, pesant en leur esprit le sentiment universel et commun vouloir, estoient perplexes.

» Lors ung vieil Trublion, nommé Robin Mielleux, assembla les principaux du Trublionnage. Il estoit estimé, vénére et haut prisé des Trublions qui le sçavoient expert en piperies et abundant en ruses et cautèle. Ouvrant la bouche qu'il avoit en semblance de la gueule de ung antique brochet, ébréchée, ains encore assez dentue pour mordre petis poissons, il dict bien doucement :

« Oyez, amis ; oyez tous. Sommes honnestes gens et bons compagnons. Sommes point fols. Demandons apaisement. Dirai mieulx : voulons apaisement. Apaisement est doulce chose. Apaisement est précieux onguent, hippocratique électuaire et dictame apollonien. C'est belle infusion médicinale, c'est tilleul, mauve et guimauve. C'est sucre, c'est miel. C'est miel, dis-je, et suis-je pas Robin Mielleux ? Me nourris de miel. Revienne l'aage d'or et leicherai le miel au tronc des chesnes vénérables. Vous en assure. Veux apaisement. Voulez apaisement. »

» Oyant telles paroles de Robin Mielleux, commençoient les Trublions à faire vilaine grimace et chuchetoient entre eulx : « Est-ce Robin Mielleux, notre ami, qui parle de ceste façon ? Il ne nous ame plus. Il nous trahit. Il serche à nous nuire, ou bien ses esprits sont esgarez. » Et les mieulx trublionnans disoient : « Que prétend ce vieil tousseux ? Pense-t-il que nous lairrerons nos bastons, gourdins, martins et matraques et les jolis petits bastons à feu que avons en poche ? Que sommes nous en paix ? Rien. Ne valons que par les coups que donnons. Veut-il que nous ne frappions plus ? Veut-il que nous ne trublionnions plus ? » Et s'éleva grande rumeur et murmures en l'assemblée, et estoit le concile des Trublions comme mer houleuse.

» Lors le bon Robin Mielleux estendit ses petites mains jaunes sur les testes agitées, en façon de ung Neptune qui calme la tempeste, et ayant remis ainsi l'océan trublion en sa sereine et tranquille assiette, ou à peu près, reprit bien courtoisement :

« Vous suis ami, mes mignons, et bon conseiller. Entendez que veuil dire devant que vous fascher. Quand dis : Voulons apaisement, est clair que dis apaisement de nos ennemis, adversaires et de tous contrepensans, contre-disans et contre-agissans. Est visible et apparent que dis apaisement de tous aultres que nous, apaisement de police et magistrature à nous opposée et contraire, apaisement des paisibles officiers civils investis de fonctions et pouvoir pour prévenir, contenir, réprimer et refrener trublionnage, apaisement de justice et loi dont sommes menacés. Voulons que soyent ceux-là plongés dans profond et mortel apaisement ; voulons pour quiconque n'est Trublion gouffre et abyme d'apaisement et repos sempiternel. *Requiem œternam dona eis, Domine.* Voilà que nous voulons ! Demandons pas apaisement nostre. Sommes pas apaisés. Quand chantons *requiescat,* est-ce pour nous ? N'avons pas envie de dormir. Quand on est mort, c'est pour longtemps. *Nos qui vivimus,* donnons la paix à autrui, non en ce monde, ains dans l'autre. C'est la plus seure. Je veulx apaisement. Suis-je une andouille ? Connoissez vous point Robin Mielleux ? Je ai, mes mignons, plus d'un tour en ma gibecière. Mes agnelets, estes-vous donc moins avisés que marmots et grimauds d'escole qui, jouant ensemble aux barres ou chat-coupé, quand l'un d'eulx veut prendre l'autre en défaut, lui crie « Poulce » qui est trêve et suspension d'armes, et l'ayant ainsi démuni de toute défiance et défense, gaigne aisément sur luy et le fait quinaud ?

» Ainsi fais-je, moi Robin Mielleux, procureur du Roy. Lorsque ai, comme souvent il se trouve, adversaires deffiants et eveillez en chambre du Conseil, leur dis : — Paix, paix, paix, messieurs. *Pax vobiscum,* et leur coule bien doulcement une potée de pouldre à canon et de vieux clous dessoubs leur banc, avec belle mèche dont tiens le bout. Puis, feignant dormir paisiblement, je allume la mèche au bon moment. Et s'ils ne sautent en l'air, ce n'est pas ma faute. C'est que pouldre estoit éventée. Ce sera pour une aultre fois.

» Mes bons amis, prenez exemple et modelle de vos chefs, maistres et dynastes. Voyez vous point que Tintinnabule se tient coi ? Pour l'heure, il ne tintinnabule plus. Il guette occasion favorable pour retintinnabuler. Est-il apaisé ? Vous ne le pensez point. Et le jeune Trublio, veut-il apaisement ? Non. Il attend. Entendez bien. Est à vous utile, profitable et necessaire, que paroissiez avoir favorable, benigne, lenifiante et detergente volonté de apaisement. Que vous en coûte ? Rien. Et vous en tirerez grand prouffict. Faut que vous, inapaisés, sembliez apaisés, et que les aultres (ceulx qui ne trublionnent point, je veuil dire), qui de vray sont apaisés, semblent inapaisés, courroucés, hargneux, enraigés, tout opposés, contraires et hostiles à bel apaisement, tant souhaitable, aimable et désirable. Ainsi sera manifeste que avez grand zèle et amour du bien et paix publics, et que, à contre poil, vos opposans ont maligne envie de troubler et détruire la ville et environs. Et ne dictes point que c'est difficile. En sera comme vouldrez. Ferez voir couleurs au simple public, ainsi qu'il vous plaira. Le public croira ce que vous direz. Avec son oreille. Si dictes : Veux apaisement, croira tout de suite que voulez apaisement. Dites le, pour lui faire plaisir. Cela ne couste rien. Et cependant, vos ennemis et adversaires qui premiers ont bêlé bien piteusement : Apaisement, apaisement (car ils ont été doulx comme moutons, on n'y peut contredire), vous sera loisible de leur escarbouiller la cervelle et de dire : — Vouloient pas apaisement : les avons desconfits. Voulons apaisement, ferons apaisement quand seront seuls maistres. Est louable faire pacifiquement guerre. Criez : Paix ! paix ! et assommez. Voilà qui est chrétien. Paix ! paix ! cet homme est mort ! Paix, paix ! j'en ai creve trois. L'intention estoit pacifique et serez jugés sur vos intentions. Allez, dites : Apaisement ! et tapez dur. Les cloches des moustiers sonneront à toute volée pour vous qui estes pacifiques, et serez poursuivis de louanges très belles par les bourgeois paisibles qui, voyant vos victimes estendues, le ventre ouvert, sur les pavés des rues, diront : Voilà qui est bien faict ! C'est pour apaisement. Vive apaisement ! Sans apaisement on ne sçauroit vivre à l'aise. »

27

MADAME la comtesse de Bonmont connaissait l'Exposition pour y avoir dîné plusieurs fois. Ce soir-là, c'est à « la Belle Chocolatière », restaurant suisse, situé, comme on sait, au bord de la Seine, que dînait madame de Bonmont avec l'élite guerrière du nationalisme, Joseph Lacrisse, Henri Léon, Jacques de Cadde, Gustave Dellion, Hugues Chassons des Aigues, et madame de Gromance qui, comme le remarqua Henri Léon, ressemblait beaucoup à la jolie servante du pastel de Liotard, dont une copie très agrandie servait d'enseigne au cabaret. Madame de Bonmont était douce et tendre. C'est l'amour, l'inexorable amour, qui l'avait mise au sein des guerriers. Elle y portait une âme faite comme l'Antigone de Sophocle, non pour la haine, mais pour la sympathie. Elle plaignait les victimes. Jamont était la plus touchante qu'elle eût su découvrir et la retraite prématurée de ce général lui tirait des larmes. Elle pensait lui broder un coussin de tapisserie sur lequel il reposât sa gloire. Elle faisait volontiers de ces présents, dont tout le prix était dans le sentiment. Son amour, agrandi d'admiration, pour le conseiller municipal Joseph Lacrisse, lui laissait des loisirs qu'elle employait à s'attendrir sur les malheurs de l'armée nationale et à manger des pâtisseries. Elle engraissait beaucoup et devenait une dame respectable. La jeune madame de Gromance formait des pensées moins généreuses. Elle avait aimé et trompé Gustave Dellion, et puis elle ne l'avait plus aimé. Mais Gustave, en lui ôtant son manteau clair à fleurs roses sur la terrasse de « la Belle Chocolatière », lui murmura dans l'oreille les noms de « sale rosse » et de « vadrouille », sous les yeux baissés du maître d'hôtel respectueux. Elle ne laissa paraître aucun trouble sur son visage. Mais au-dedans d'elle-même elle le trouvait gentil, et elle sentit qu'elle allait l'aimer encore. De son côté, Gustave, pensif, comprit qu'il avait prononcé, pour la première fois de sa vie, une parole d'amour. Et gravement, il alla s'asseoir à table à côté de Clotilde. Le dîner, qui était le dernier de la saison, ne fut point joyeux. La mélancolie des adieux se fit sentir, et une certaine tristesse nationaliste. Sans doute, on espérait encore, que dis-je, on nourrissait encore des espérances infinies. Mais il est douloureux, quand on a tout, le nombre et l'argent, d'attendre de l'avenir, du vague et lointain avenir, le contentement des longs désirs et des ambitions pressantes. Seul, Joseph Lacrisse gardait quelque sérénité, pensant avoir assez fait pour son roi en se faisant élire conseiller municipal par les républicains nationalistes des Grandes-Écuries.

— En somme, dit-il, tout s'est bien passé le 14 Juillet, à Longchamp. L'armée a été acclamée. On a crié : « Vive Jamont ! Vive Bougon ! » Il y a eu de l'enthousiasme.

— Sans doute, sans doute, dit Henri Léon, mais Loubet est rentré intact à l'Élysée, et cette journée-là n'a pas beaucoup avancé nos affaires.

Hugues Chassons des Aigues, qui portait une balafre toute fraîche sur le nez, qu'il avait grand et royal, fronça les sourcils et dit fièrement :

— Je vous réponds que ça a chauffé à la Cascade. Quand les socialistes ont crié : « Vive la République ! Vivent les soldats !... »

— La police , dit madame de Bonmont, ne devrait pas permettre de pareils cris...

— Quand les socialistes ont crié : « Vive la République ! Vivent les soldats ! » nous avons répondu : « Vive l'armée ! Mort aux juifs ! » Les « œillets blancs », que j'avais dissimulés dans les massifs, ont rallié à mon cri. Ils ont chargé les « églantines rouges » sous une pluie de chaises de fer. Ils étaient superbes. Mais que voulez-vous ? La foule n'a pas rendu. Les Parisiens étaient venus avec femmes, enfants, paniers, filets de ménagère pleins de nourriture... et les parents de province arrivés pour voir l'Exposition... de vieux cultivateurs, les jambes raides, qui nous regardaient avec des yeux de poisson... et les paysannes en fichu, méfiantes comme des chouettes. Comment vouliez-vous soulever ces familles ?

— Sans doute, dit Lacrisse, le moment était mal choisi. D'ailleurs, nous devons respecter, dans une certaine mesure, la trêve de l'Exposition.

— C'est égal, reprit Chassons des Aigues, nous avons bien cogné, à la Cascade. J'ai, pour ma part, assené un coup de poing au citoyen Bissolo, qui lui a renfoncé la tête dans sa bosse. Je le voyais par terre : on aurait dit une tortue... Et « Vive l'armée ! Mort aux Juifs ! »

— Sans doute, sans doute, dit gravement Henri Léon ; mais « Vive l'armée ! » et « Mort aux Juifs ! » c'est un peu fin... pour les foules. C'est, si j'ose dire, trop littéraire, trop classique, et ce n'est pas assez révolutionnaire. « Vive l'armée ! » c'est beau, c'est noble, c'est régulier, c'est froid... Mais oui, c'est froid. Et puis, voulez-vous que je vous dise, il n'y a qu'un moyen, un seul, d'emballer la foule : la panique. Croyez-moi, on ne fait courir une masse d'hommes sans armes qu'en leur mettant la peur au ventre. Il fallait courir en criant... que sais-je ?... « Sauve qui peut ! Alerte !... Vous êtes trahis !... Français, vous êtes trahis ! » Si vous aviez crié cela ou quelque chose de pareil, d'une voix lugubre, sur la pelouse, en courant, cinq cent mille individus couraient avec vous, plus vite que vous et ne s'arrêtaient plus. C'eût été superbe et terrible. Vous étiez renversés, foulés aux pieds, mis en bouillie... Mais la révolution était faite.

— Vous croyez ? demanda Jacques de Cadde.

— N'en doutez pas, reprit Léon. « Trahison ! Trahison ! » c'est le vrai cri d'émeute, le cri qui donne des ailes aux foules, qui fait marcher du même pas les braves et les lâches, qui communique un même cœur à cent mille hommes et rend des jambes aux paralytiques. Ah ! mon bon Chassons, si vous aviez crié à Longchamp : « Nous sommes trahis ! » vous auriez vu votre vieille chouette avec son panier d'œufs durs et son parapluie et votre bonhomme aux jambes de bois courir comme des lièvres.

— Courir où ? demanda Joseph Lacrisse.

— Où, je n'en sais rien. Dans les paniques sait-on où va la foule ? Le sait-elle elle-même ? Mais qu'importe ! Le mouvement est donné. Ça suffit. On ne fait plus des émeutes avec méthode. Occuper des points stratégiques, c'était bon aux temps antiques de Barbès et de Blanqui. Aujourd'hui, avec le télégraphe, le téléphone, ou seulement les bicyclettes des flics, tout mouvement concerté est impossible. Voyez-vous Jacques de Cadde occupant le poste de la rue de Grenelle ? Non. Il n'y a de possibles que les mouvements vagues, immenses, tumultueux. Et la peur, la peur unanime et tragique est seule capable d'emporter l'énorme masse humaine des fêtes publiques et des spectacles en plein air. Vous me demandez où la foule du 14 Juillet aurait fui, flagellée, comme par un immense drapeau noir, par les cris lugubres de « Trahison ! Trahison ! L'étranger ! Trahison ! » Où elle aurait fui ?... mais dans le lac, je pense.

— Dans le lac, dit Jacques de Cadde. Alors elle se serait noyée, voilà tout.

— Eh bien ! reprit Henri Léon, trente mille citoyens noyés, ce n'était donc rien ? Le ministère et le gouvernement n'en auraient donc éprouvé ni difficultés sérieuses ni péril réel ? Ce n'était donc pas une journée ?... Tenez, vous n'êtes pas des politiques. Vous n'êtes pas fichus de renverser la République.

— Vous verrez ça après l'Exposition, dit le jeune de Cadde avec la candeur de la foi. Moi, pour commencer, à Longchamp, j'en ai crevé un.

— Ah ! vous en avez crevé un ? demanda le jeune Dellion avec intérêt. Quel type était-ce ?

— Un ouvrier mécanicien... Si ç'avait été un sénateur, ç'aurait mieux valu. Mais dans une foule on a plus de chances de tomber sur un ouvrier que sur un sénateur.

— Qu'est-ce qu'il faisait, votre mécanicien ? demanda Lacrisse.

— Il criait : « Vivent les soldats ! » Je l'ai crevé.

Alors le jeune Dellion, piqué d'une émulation généreuse, fit connaître qu'un socialiste dreyfusard ayant crié « Vive Loubet ! », il lui avait cassé la gueule.

— Tout va bien ! dit Jacques de Cadde.

— Il y a des choses qui pourraient aller mieux, dit Hugues Chassons des Aigues. Ne nous congratulons pas trop. Le 14 Juillet, Loubet, Waldeck, Millerand, André sont rentrés chacun chez soi. Ils n'y seraient pas rentrés si on m'avait écouté. Mais on ne veut pas agir. Nous manquons d'énergie.

Joseph Lacrisse répondit gravement :

— Non ! Nous ne manquons pas d'énergie. Mais il n'y a rien à faire pour l'instant. Après l'Exposition nous agirons vigoureusement. Le moment sera favorable. La France, après la fête, aura mal aux cheveux. Elle sera de mauvaise humeur. Il y aura des chômages et des krachs. Rien ne sera plus facile alors que de provoquer une crise ministérielle et même une crise présidentielle. N'est-ce pas votre avis, Léon ?

— Sans doute, sans doute, répondit Léon. Mais il ne faut pas se dissimuler que dans trois mois nous serons un peu moins nombreux et que Loubet sera un peu moins impopulaire.

Jacques de Cadde, Dellion, Chassons des Aigues, Lacrisse, tous les Trublions ensemble protestèrent et s'efforcèrent d'étouffer par leurs cris une si fâcheuse prédiction. Mais Henri Léon d'une voix très douce poursuivit :

— C'est fatal ! Loubet sera de jour en jour moins impopulaire. Il était haï sur l'idée que nous avions donnée de lui : il ne la remplira pas toute. Il n'est pas assez grand pour égaler l'image que nous en avions dressée, à l'épouvante des foules. Nous avons montré un Loubet de cent coudées, protégeant les voleurs parlementaires et détruisant l'armée nationale. La réalité paraîtra moins effrayante. On ne le verra pas toujours sauver les voleurs et désorganiser l'armée. Il passera des revues. Cela vous pose un homme. Il ira en voiture. C'est plus honorable que d'aller à pied. Il donnera des croix ; il répandra abondamment les palmes académiques. Ceux qu'il aura décorés ou palmés ne croiront plus qu'il veut livrer la France à l'étranger. Il aura des mots heureux. N'en doutez pas. Les mots heureux, ce sont les plus bêtes. Il n'a qu'à voyager pour être acclamé. Les paysans crieront sur son passage : « Vive le président », comme si c'était encore le bon tanneur que nous pleurons parce qu'il aimait bien l'armée. Et si l'alliance russe venait à repiquer... j'en frissonne... Vous verriez nos amis nationalistes dételer sa voiture. Je ne dis pas que c'est un homme d'un puissant génie. Mais il n'est pas plus bête que nous. Il cherche à améliorer sa position. C'est bien naturel. Nous avons voulu le couler ; il nous use.

— Nous user, je l'en défie, s'écria le jeune de Cadde.

— Le temps seul, reprit Henri Léon, suffit à nous user. Ainsi, notre Conseil municipal de Paris, qu'il fut beau le soir du ballottage qui nous donna la majorité ! « Vive l'armée ! Mort aux Juifs ! » criaient les électeurs, ivres de joie, d'orgueil et d'amour. Et les élus radieux répondaient : « Mort aux Juifs ! Vive l'armée ! » Mais comme le nouveau Conseil ne pourra ni dispenser du service militaire tous les fils de ses électeurs, ni distribuer aux petits commerçants l'argent des riches israélites, ni même épargner aux ouvriers les souffrances du chômage, il trompera de vastes espérances et deviendra d'autant plus odieux qu'il aura été plus désiré. Il risque avant peu de perdre sa popularité dans la question des monopoles, eaux, gaz, omnibus.

— Vous êtes dans l'erreur, mon cher Léon ! s'écria Joseph Lacrisse. Pour ce qui est du renouvellement des monopoles, rien à craindre. Nous dirons à l'électeur : « Nous vous donnons le gaz à bon marché », et l'électeur ne se plaindra pas. Le Conseil municipal de Paris, élu sur un programme exclusivement politique, exercera une action décisive dans la crise politique et nationale qui va éclater après la fermeture de l'Exposition.

— Oui, mais pour cela, dit Chassons des Aigues, il faut qu'il prenne la tête du mouvement démagogique. S'il est modéré, régulier, sage, conciliant, gentil, tout est fichu. Qu'il sache bien qu'on l'a nommé pour renverser la République et chambarder le parlementarisme.

— La trompe ! La trompe !... s'écria Jacques de Cadde.

— Qu'on y parle peu, mais bien, poursuivit Chassons des Aigues...

— La trompe ! La trompe !

Chassons des Aigues dédaigna l'interruption :

— Qu'on émette de temps à autre un vœu, un pur vœu, tel que celui-ci :

« Mise en accusation des ministres... »

Le jeune de Cadde cria plus fort :

— La trompe ! La trompe !...

Chassons des Aigues essaya de lui faire entendre raison.

— Je ne suis pas opposé, en principe, à ce que nos amis sonnent l'hallali des parlementaires. Mais la trompe est, dans les assemblées, l'argument suprême des minorités. Il faut la réserver pour le Luxembourg et le Palais Bourbon. Je vous ferai remarquer, mon cher ami, qu'à l'Hôtel de Ville nous avons la majorité.

Cette considération ne toucha pas le jeune de Cadde, qui cria plus fort que devant :

— La trompe ! La trompe ! Savez-vous sonner de la trompe, Lacrisse ? Si vous ne savez pas, je vous apprendrai. Il est nécessaire qu'un conseiller municipal sache sonner de la trompe.

— Je reprends, dit Chassons des Aigues, sérieux comme s'il taillait un bac ; premier vœu du Conseil : mise en accusation des ministres ; deuxième vœu : mise en accusation des sénateurs ; troisième vœu : mise en accusation du président de la République... Après quelques vœux de cette force, le ministère procède à la dissolution du Conseil. Le Conseil résiste et fait un véhément appel à l'opinion. Paris outragé se soulève...

— Croyez-vous, demanda doucement Léon, croyez-vous, Chassons, que Paris outragé se soulèvera ?

— Je le crois, dit Chassons des Aigues.

— Je ne le crois pas, dit Henri Léon... Vous connaissez le citoyen Bissolo, puisque vous l'avez décervelé, le 14, à la revue. Je le connais aussi. Une nuit, sur le boulevard, pendant une des manifestations qui suivirent l'élection du triste Loubet, le citoyen Bissolo vint à moi comme au plus constant et au plus généreux de ses ennemis. Nous échangeâmes quelques paroles. Tous nos camelots donnaient. Les cris de : « Vive l'armée ! » grondaient de la Bastille à la Madeleine. Les promeneurs, amusés et souriants, nous étaient favorables. Lançant comme une faux son long bras de bossu vers la foule, Bissolo me dit : « Je la connais, la rosse. Montez dessus. Elle vous cassera les reins, en se couchant par terre tout d'un coup, quand vous ne vous méfierez pas. » Ainsi parla Bissolo au coin de la rue Drouot le jour où Paris s'offrait à nous.

— Mais il outrage le peuple, votre Bissolo, s'écria Joseph Lacrisse. Il est infâme.

— Il est prophétique, répliqua Henri Léon.

— La trompe, la trompe, il n'y a que ça, chanta, d'une voix pâteuse, le jeune Jacques de Cadde.

Achevé d'imprimer en décembre 1986
sur les presses de l'Imprimerie Bussière
à Saint-Amand (Cher)

— N° d'Édit. 2323. — N° d'Imp. 3105. —
Dépôt légal : décembre 1986.

Imprimé en France